U0903425

有些事
这些年
我才懂

小野／著

译林出版社

目录

自序　七个问答题的人生考卷

下课铃声终于响起，我起身交出了这张写了很久的考卷。这是一张关于“人生”的考卷，上面有七个问答题。不是是非题，也没有选择题，所以我无法预知这次考试的分数。

我的人生始终被考试所困，最近还常常做考试考坏的噩梦。或许我从小就被过度期待，所以患得患失永无宁日，或许我渴望成功，太想赢过别人，所以我无法承担考坏的结果。最近一次的噩梦是参加两天一夜的联合考试，第一天考完后住在考场的宿舍里面，夜里无风无声也无人，仿佛世界末日，同学提醒我要去打个卡证明有来考试，我连打了好几次都没有见到自己的名字被显示出来。在一旁的同学警告我说，打一次就好了，名字已经输入但不会显示。打两次以上等于白打，电脑无法判读。他说：“你完蛋了！你等于没来考试。”我从这个悲惨的梦境中惊醒过来。我的名字被我自己重复打了几次后变成了空白？那，我到底是谁？这不正是我刚刚才交出去的那张考卷上的第一题吗？

第一题　你是谁？（你认识自己吗？）

“我是小野。”通常我会这样对着电话自我介绍。随着时代渐渐走远，对方没有听懂的几率越来越大。“什么？小姐？怎么听起来很像男生。”不然就是“哦，小叶，你死去哪里啦，大家都在找你。”或是“你是日本人啊？”于是我很不情愿地多加了两个字：“我是作家小野。”这样好多了。如果在网络搜索也是同样的结果，如果不加上“作家”两个字，跳出来的会是小野丽莎、小野惠令奈、小野真弓、小野洋子，如果搜索图片可就更精彩了，一堆的性感裸照跳出来。就算加了“作家”，也有可能跳出“小野不由美”。当初我应该直接用出生时爸爸给我的名字“小埜”当笔名，就不会有这些麻烦了。“埜”是野的古字，在泥土上种两棵树变成埜，多么简单。“若有一天当我回归尘土，请在上面种下两棵树吧。”我对着身边的亲朋好友这样说。“难怪你那么喜欢种树。原来是你出生时就决定的了。”有人这样替我解释。

是的，我指的是死亡。唯有死亡等在路的尽头，才能显出每个人活着的不同意义。人并不是因为死亡逼近了才会去想死亡，人在很小的时候就会知觉到生命是会消逝的，通常那就是长大成熟的开始，也是自觉的起点。我从出生后就哭个不停，妈妈要断奶也哭，下课妈妈没来接我也哭，小三轮车被姐姐碰了也哭。妈妈说我因为常常大声地哭，“哭得连睾丸都缩进去了，还得去找医生帮忙拉出来”。

爱大声哭的孩子很不快乐吗？我能确定的是，我有一个很不快乐的爸爸，他的不安、恐惧、悲伤和愤怒深深感染着我们一家人，但是他是自觉的，他知道不可以让这些情绪影响孩子，所以他也常常努力营造某种积极、乐观、向上的家庭氛围，但是在同一个屋檐下，谁都无法掩饰自己内心真实的情绪。妈妈是个随遇而安的奇女子，如果不是她这样包容、达观、慈悲、智慧的个性，是无法忍受爸爸那种不停释放出来的悲情和绝望的。我们常常觉得妈妈的存在，只是爸爸的影子，无声无息，却从没放弃过她对家人的爱。

妈妈离开人世三年了，就从她离开我的那一刻起，她的存在感越来越清楚而强大，原来，她早已化成了我的骨肉，我从那一刻开始认识了自己，故事就从妈妈的告别式说起吧。我唯有努力摆脱自己所创造的那个被称为“作家小野”的身段，才会找到原来的自己，这是我这些年才懂的事。

第二题　找到你的信仰了吗？（人为何而活？）

“大多数人是不知道自己为何而活的，甚至于也不知道自己要什么。他们等着别人来指点迷津。”我的朋友杨德昌导演生前经常这样说，“所以我们要拍电影给他们看，让他们知道，每天都是全新的一天，有着各式各样的可能，做出自己的选择，找到自己相信的东西，勇敢活下去。”

有个在少女时代从乌克兰逃到德国的翻译家，花了大半辈子的力气把陀思妥耶夫斯基五本厚厚的小说翻译成德文，我在《一个女人和五本大象》的纪录片中看到她驼着背还在灯下继续翻译着书，不假他人之手，自己煮着晚餐。我看着她已经弯成一个“问号”的老迈身躯，想她的人生应该没有“问题”了吧。纪录片《漫步音乐园》记录瑞士的视障音乐家走访各地去收集各种音乐和声音，将人的感官、记忆、心灵和身体重新组合后，协助身心障碍的孩子们建立对外沟通的能力。音乐家把自己活得像一个直挺挺的“惊叹号”！我羡慕那种很清楚自己的人生要做什么的人，更敬佩自己人生有残缺却愿意穷其一生去帮助弱势群体的人。我在生命中遇到过一些非常特立独行的人，他们的故事给我同样的震撼和感动，他们都能坚持自己想做的事情，毫不犹豫往前冲。

我曾经有过许许多多的梦想，但是我更想要成功，我常在梦想和现实中摆荡着。在一次又一次的失败后，我告诉自己不要为世俗定义的“成功”而活，要为自己真正相信的真理而活。不要只想当个出风头的英雄，要学习当个配角，当个倾听者，积极追随许多前行者完成梦想，也积极帮助需要帮助的年轻人实现理想。我的故事将从我的失败经验开始。当我能完全臣服于自己的失败，洞穿了自己的脆弱和不足之后，反而成为一个完整可爱的平凡人。这是这些年我越来越清楚的事情。

第三题　谁是你灵魂的主宰？（谁影响你最深？）

如果生命是一条长长的河流，那么我的生命是一条被称为“和平”的河。我在童年和青少年时期住在和平西路二段，靠近植物园侧门的一处“三不管地带”，都是注定在后来的都市规划中被铲除的临时建筑。

十九岁那年，大学联考放榜后，我跨过了一条界线，来到了和平东路一段旁的台湾师范大学，开始我学习生物科学的岁月。虽然后来我从事的工作和生物科学无关，但是这四年密集的生物课程和各种实验，引爆我体内巨大的能量，我带着这样的能量和对世界的看法，闯进和生物科学完全不同的领域，虽然有点格格不入，但是就是这种“格格不入”让我替自己开出了一条和传统不一样的道路。直到有一天当我离开了电影和电视的工作后，朋友见到我的第一句话都说：“你怎么看都还像是个大学刚毕业的学生，不像是蹚过电影或是电视的人。”

是啊。当年我去“中央电影公司”上班时所带的笔记本是师范大学实验用的笔记本，我在笔记本上写着：“白鸽计划”“白鸽”代表的是清纯、勇敢、飞翔。我还在笔记本上画了一只像是待宰的跛脚鸭子，当然事后被解释成“像火焰般燃烧”的青鸟。白鸽计划发展出后来的“台湾新电影浪潮”，我在这个关键时刻遇到了许多天才型的编导，我深深受到他们的影响。

所有理想的源头，都来自那四年的大学生活和学习，我也在那个年轻飞扬的学生时代成为“作家小野”。我们这一届的师大生物系同学最常开同学会，在同学会上我经常说着当年的笑话，像我们的合唱团，我们的篮球队，我们毕业时出版的班刊《小蝌蚪》，还有彼此的爱情和友情，故事就从这里开始。我会成为一个像春蚕吐丝般的作家，是因为我大学时选择了单纯、理性的生物系，虽然后来我放弃了在生物的领域继续深造，但成为作家的路就是要这样绕一大圈才能彻底走出来的。这道理我完全懂了。

第四题　如何与大自然愉快相处？

虽然我从事和生物科学相关的研究和教学工作时间不很长，但是却常常会有一些铭刻在灵魂深处的东西让我魂牵梦萦，我会很自然地走向海洋或是森林。我常常想起和同学们在黑夜的森林里搭着帐篷，挂起白布幔点着灯来吸引夜间的昆虫，尤其是大量的蛾。如果在森林的帐篷里醒过来，发现窗户上全是没有离开的蛾，我就会想起很诗意的句子:“我的梦就像是停在窗前的皇蛾，瞪着两个假眼看着我。”

或许我最后选择了创作当成一辈子的志业，是因为我在大自然中看到了无穷无尽的诗意。我走进大自然，把自己想象成树蛙、宽腹螳螂，我就会和它们在大自然中相遇，它们也会教导我一些生活在水泥丛林里无法体验的感觉。

我走在一条植着山樱花的“手作步道”上，这条步道是由许多志工配合政府相关单位，用智慧和劳力合力完成的，他们阻挡了水泥道路的入侵，让步道四周的动植物共存共荣。人类的生命源自大自然，所有人类所创造出来的东西，在大自然里都可以找到解释，这样的信念我越来越坚定。

第五题　你愿意与谁同行?

因为工作的关系,我接触过不少世俗定义的“大人物”或是“名人”。曾经听过一个赫赫有名的大人物，以本身的经验教导另一位刚跻身为大人物的人说:“建立人脉是很简单的事情，只要找到某个领域的关键人物并和他认识，就可以拉出一卡车的人，找到几个关键人物后,很快就建立了网状的人脉。”还有一个企业家告诉我说，他从来不会丢掉任何一张名片，并且还会在名片后面写上这个人的特征样貌:“我不会放过任何一个可能的人和机会。”他们都很容易成为一个成功者。有些父母处心积虑地送孩子去读贵族学校的理由,也是替孩子将来的人脉打点基础。他们的行为和想法我可以理解,但是我不喜欢现代人经营那种有目的、功利性的人际关系,那叫作“公关”,是虚假的,是经不起考验的。

那么,就从一封陌生的小学生的来信说起吧。我曾经对于每天不断出现在信箱对我有所要求的信件感到烦躁不安,可是当我用愉悦的心情去面对时,才知道这是多么美好的事。原来我可以轻易让对方感到满足和快乐。就算是婉拒也可以是那么心平气和。

第六题　人为什么痛苦?

人的痛苦是如何产生的?为什么生命中经常会有歉疚和哀伤,从很微小到极巨大,再到不可承受?这个问题要去问德国哲学家叔本华,我高中时代的最爱。

悲观厌世的天才哲学家叔本华不相信人类会有真正永恒的快乐,他觉得人类永远会被痛苦折磨着,因为人类有旺盛的生命力,会不断产生意志力和无穷的欲望,当这些意志力和欲望没有得到满足时就会痛苦;就算暂时满足了,很快又会有新的意志力和欲望,然后又会陷入无止境的痛苦中。但是痛苦对于想要创作的人不是件坏事，往往最好的作品都是在巨大的痛苦后产生。所以我的初中老师朱永成介绍我看《贝多芬传》。我终于相信人生的痛苦是无时无刻不在，也无所不在的。人要学习的是对痛苦的承受能力。

我的高中时代过得非常自卑而痛苦，所有的欲望都被压制，尊严也常受到无情的践踏。于是我参加了长跑比赛和歌唱比赛，我要锻炼另一种能继续忍受痛苦的意志力，以免被痛苦和恐惧给吞没。如果师范大学的学习和生活是天堂，那么我的高中夜间部的生活无疑是地狱。而我和地狱共存了三年。

人生历经不同的痛苦煎熬后，我终于了解，学习如何化解痛苦，还不如练习用一种自我解嘲的幽默方式，慢慢将痛苦吞食，或许在某一瞬间，还会有甘甜的滋味在喉间。

第七题　如何获得幸福?

这一题应该是前面六题的总结。获得幸福的步骤就是要先认识自己，接受真实的自己，进而喜爱自己。然后就会知道自己要什么、为何而活，进而找到自己的信仰，也找到自己灵魂的主宰。这时候的你，已经可以和这个世界愉快地相处，从大自然里得到快乐和宁静，和身边遇到的任何人都能和平相处、相互尊重。最后当你学会了承担世间的痛苦，幸福将随时随处俯拾皆是。

妈妈是个笑口常开的幸福之人。因为她觉得自己很平庸但很幸运，她总觉得别人都比她聪明，所以她发自内心地欣赏别人，赞美别人，也常给别人温暖和方便。我几乎没听过她怨天怨地怨别人，她也不会怨自己，所以她是一个完全能接受自己的人。我的二姐最像妈妈，我问起她关于幸福的感觉，她灿烂地笑起来说："我常常感到幸福。看到窗外绿意盎然，感到阳光晒在身上，有体力爬山，儿子弄一桌饭菜，替我铺好被单，衣服洗好被晒起来，看一本好书，听一场讲道，亲友们的问候和体贴，和家人聊天或回忆。"

幸福就是这样随手可得的。每个人每天每时每刻都有可能体验到幸福，除非你是一个非常顽固又自以为是的人，把幸福当成不能回收的垃圾，随手丢弃，让垃圾筒里堆满了你丢弃的幸福，兀自叹息。

人生不是是非题，没有绝对的对错、是非和黑白。人生的许多问题往往是相对的，常常是一体的两面。人生也不会是选择题，不因为你每次都做了正确完美的选择，就有了正确完美的人生。每个人的人生都不尽相同，所以正确的人生其实是不存在的。人生是环环相扣的问答题，就像这本书所提出的七个大哉问，我在书中说着一个又一个的故事，不断追寻探求着自己的人生答案，也想帮助你去寻找自己的人生答案。

人生的答案只有通过一次又一次的回答，才能拨云见日，越来越明朗。你越早去面对并思考这些问题，越不会让自己像一球被弄乱的毛线球，理不出头绪来，也不会绕了许多冤枉的路，最后被乱了的毛线球捆绑住自己，无法继续前进。

朋友常常觉得我的人生很顺遂，甚至还觉得有点传奇。其实我的人生被动而没有规划，还甚至有点失控。我凡事不强求，但却愿意逆势而上尽力而为，这是我的生存之道。有些事，这些年我才懂。我把它写出来，希望我的读者能比我早一点懂。

辑一　你是谁？

我妈妈真是一个非常特别的人，她的天真傻气直接豁达，才像个没长大的小孩子，我们才敢在她告别式这样没大没小的。这是我们最幸福的地方。

可是也因为妈妈的离去，我才渐渐看清楚许多事情的真相。

断奶后，认识自己的开始

告别式上兄弟争宠

在妈妈的告别式上，我和从美国南方沼泽地赶回来的弟弟近人，当着许多亲朋好友的面竟然说起妈妈生前的一些笑话，引来全场哄堂大笑。我是这样开始说故事的。

妈妈因为我的关系接受了一本财经杂志的访谈，而且还上了封面。当记者要她谈和我之间的小故事时，她说想不起来，反倒是得意扬扬地说起我的姐姐和弟弟妹妹来。她说起那个在政府经济部门当小主管的经济学家姐姐时口沫横飞，说她多么能干，替每一任的主任委员写“立法院”的答询稿，平日写报告稿费还很高，出国还能坐商务舱报账。（妈妈似乎忘记写文章赚稿费和版税才是我的强项！偏偏，妈妈就是不屑说。）

说起我弟弟近人那就更不得了，在美国名校拿了博士学位后，被台湾五所公立私立大学争相延揽，甚至有一所大学把支票都寄过去表示诚意。妈妈眉飞色舞地说：“后来我儿子还是忍痛留在美国教书，原因是我儿子长得实在太帅了，怕留在台湾招蜂引蝶的，台湾的女学生太主动热情啦！我儿子真的很帅。又高又帅。真的！”（记者只好跟着笑，但是也一直暗示她说，这次访问是要谈留在台湾发展，比较没那么帅的那个叫作“小野”的大儿子。）记者只好直接问了。妈妈不开口还好，一开口就是：“他啊，去美国读书没读完就回来。他比较在乎钱……”我差点脱口而出一个字：“蠢。”但是更多的委屈瞬间涌了出来。自以为最孝顺父母最照顾手足的我，不知道要如何阻止妈妈说下去。还好这本杂志的名字就叫“钱”，不然误会可大了。

妈妈继续说着我的坏话：“就像他的名字一样，从小就很野很坏很霸道。他爱吸我的奶，明明都长了牙齿，还是要吸我的奶，吸得我好痛……我干脆把两个奶子涂上红药水和紫药水吓他，他不怕，后来我不让他吸了他就大哭，差点还咬断了我的奶头……这孩子从小就这样……坏！小三轮车自己骑够了，放在角落还不准两个姐姐骑……姐姐骑上去他就大哭大闹……幼儿园下课接晚了也大哭。同学都叫他爱哭鬼！”

“可是他现在写了那么多的书，也拍了那么多电影……你觉得他……”

“他就是运气好。我想是他天上的祖母保佑的。”妈妈淡淡地说。我立刻插嘴说：“其实我妈妈也曾经在几家报纸写过专栏，用过许多不同的笔名。她运气不好，没人找她出版书。我妈还很会讲故事，我可能遗传到我妈妈。”

我想讨好妈妈，希望她说点我的好话，可是她继续说她的其他孩子：“我的小女儿从小读书都是第一名，那年考初中全台北市第五名……差榜首零点五分……现在是大学系主任……我的二女儿啊，澳洲分公司总经理，从小漂亮惹人爱，很多人向我要回去当女儿呢。”

最后妈妈提供给杂志社的照片，全都是妈妈抱着白白胖胖大眼睛乌溜溜轮转的弟弟近人的照片，杂志上都标注着“小野的童年”。我正式向妈妈抗议，她无奈地说：“我找不到你小时候的照片啊，我更没有抱你的照片啊。那时候孩子多也搞不清楚，用弟弟的你也不吃亏。”

是的，不吃亏，我还真的接到杂志社编辑打的电话赞美我说：“没想到你小时候那么可爱呀？”于是我开始怀疑妈妈根本没抱过我，妈妈回答说：“是啊，大部分时间我都是用背的，背着你洗衣服，背着你烧饭烧菜，背着你去买菜……你没看我的背都驼了，孩子那么多，你要我怎样呢？”

在告别式上我和弟弟近人就这样一搭一档地说着这些加油添醋的笑话。事后遇到我的朋友们都说，你们这个家族真的是很特别，让亲友们在原本应该悲伤的场合哭笑不得。我说：“因为我妈妈真是一个非常特别的人，她的天真傻气直接豁达，才像个没长大的小孩子，我们才敢在她告别式这样没大没小的。这是我们最幸福的地方。”

可是也因为妈妈的离去，我才渐渐看清楚许多事情的真相。

妈妈我想向你撒娇

我曾经自认为非常孝顺父母，友爱兄弟。我认为自己考上公费的师大后再也不用花父母的钱是件孝顺的事，我还同时做了三个家教，也是把钱交给妈妈当家用。大学毕业后，“运气很好”地成了收入不错的作家和电影编剧，我除了每个月固定将一笔从报社寄来的薪资原封不动转寄给父母外，也替弟弟张罗结婚和出国留学的费用，替姐姐张罗买第一栋房子的钱，对于钱财，我毫不吝啬。直到爸爸和妈妈相继离开人间后，我才回想起自己从结婚生子闯荡事业后，其实很疏于和父母亲甚至姐妹们来往，我简直就是个工作狂，以自己的事业为中心地向前冲，照顾和问候的事情全都借由金钱来解决。

弟弟虽然生活工作远在美国的南方，但是他的家书可是数十年如一日地没有间断过，爸爸的桌上叠堆着弟弟寄来的厚厚的信笺，里面填写着密密麻麻的生活点滴，弟弟写的全是报喜不报忧的丰功伟业，包括他如何努力工作赢得外籍领导的赏识，如何用优秀表现击败来自各国的高手，赢得永久教授的地位和最高的学术荣誉。他也不忘吹捧自己如何坚强，当孩子发高烧妻子吓得痛哭时，他如何一手抱着孩子，一手握着方向盘，在大雪中冲出去找医生。爸爸总是用红笔在这些字里行间眉批道："真是我的好儿子，真有乃父之风！""虎父无犬子,真是有道理！""真是有种！有志气！有骨气！不愧李家好男儿！"寂寞的时候，爸爸就戴起老花眼镜，拿出这些信来读给妈妈听，往往读得涕泗纵横。妈妈也会赞叹说："这孩子真是太不容易了。小时候就特别乖，会陪着我吃大家不吃的旧菜旧饭，替我打扫，他说怕我太累了。真是温柔懂事啊。"

最近大姐和我走在妈妈住过的房子附近，她就会滔滔不绝地诉说起她们母女如何情深："没事的时候，我就常常陪着妈妈在这个公园散步晒太阳，有时候就晒一整个早上，喝着热茶，吃着花生，聊着许许多多重复说过的回忆。好幸福啊。”

“谁比较幸福？”我每次都故意这样问，有点吃醋的味道。经济学家的大姐笑得很开朗，说：“当然是一样幸福。我告诉你啊，从前我上班的地点和爸妈家很近，我每天中午休息时间就溜到爸妈家和他们一起吃午饭，我都会带最好吃的东西去给他们吃。然后啊，我就躺在床上告诉妈妈我在办公室发生的大小事情……妈妈是一个最好的听众。”

“还有听你骂人。”我故意这样说，我知道妈妈是她的垃圾桶。

她大笑说：“不管我骂了谁，妈妈一定会跟着我骂说：简直混账！简直坏透了！我不用去找心理医生，妈妈是我最好的医生。我告诉你啊，我只要看到有好的衣服裤子棉被被单，我买一件妈妈也会有一件，我们常常穿母女装。哈哈……”

爸爸走后，二姐不放心妈妈一个人独居在公家宿舍里，毅然决定要将妈妈接出来同住，她一个人承担了妈妈生命中最后十年的照顾。二姐为了学习如何照顾老人，还特别去一个照顾老人的公益团体当义工，一方面照顾别的老人，一方面把那一套游戏带回家里和妈妈玩。从小五音不全的二姐也加入了一个唱老歌的合唱团，学会了那些老歌以后，回到家里唱给妈妈听。曾经因为在外商公司当总经理，日夜忙着谈生意的二姐很早就退休了，她说过去因为自己忙于事业，疏于和父母嘘寒问暖，她愿意在妈妈最需要照顾时付出全部。我终于明白，当年妈妈在接受记者访问时说不出太多和我互动的原因了，因为断奶后，我早就飞得无影又无踪了。我脑子想的都是我自己。和姐姐弟弟比起来，我才是个大不孝的孩子啊！

妈妈走后，我又独自霸占着妈妈睡了十年的木板床、小桌子和大藤椅，就像妈妈说我小时候霸占着那辆三轮车，自己骑累了放在角落还不准别人碰一样。我就是这样霸道。我怪小时候妈妈很少抱我，都只是用“背”的，难怪木板床那么硬邦邦的，硬得像妈妈瘦削的背脊那样。我要天天躺在她睡过的木板床上，盖着厚厚的棉被，用手掌轻轻抚摸着枕头和垫被，缓缓细细嗅闻着妈妈长期留在床头的发香，和天天擦脸和手的护手膏的味道，我感觉自己被妈妈紧紧拥在怀里，紧紧地搂着，我甚至还可以触碰到妈妈那对差点被我咬断奶头的乳房。

每当我想赖床的时候，就轻轻地和妈妈撒娇说：“再让我躺在你的怀里一下下，OK？”妈妈会笑着像个顽童般说：“OK！坏孩子！”

作家的条件

我为什么会成为一个创作大半辈子的作家？连我自己都不完全明白。直到那一天我读到了秘鲁作家略萨的那本书《胡莉娅姨妈与作家》。书上的文案有这样一小段话："因为不幸福，我才写作。从根本上说，是因为写作是一种与不幸斗争的方式。"我忽然有点懂了。

是啊，一个幸福的人从根本上是不会想要无休无止创作的，而那些在作品中不断提醒读者要幸福快乐的人，大多是缘于他本身曾经有过的不幸遭遇；而那些不停书写着悲伤情节的作家，也只不过是找到了一个向广大读者进行自己需要的心理治疗方式罢了。那就从我大学时代开始进行创作的那个苦闷又不幸的时期说起吧。

在上个世纪那个有点荒芜、荒凉、荒谬的七十年代，我在碰了很多钉子后找到一家印刷公司，勉强出版了我的第一本书小说集《蛹之生》，非常意外地成了当时最畅销的书之一。为了这本书，我写过很多很多次的序，多到连自己都记不得写过几篇了。如果能将这些"序"集结起来，或许又可以再出版另一本书，书名就叫作"蛹之生的序"。我为什么那么爱替这本书写序呢？这和我后来的人生发展完全不在我的意料和规划中有关。

我大学读的是一所公费的专门培养中学师资的台湾师范大学，

那是一所在当时很难考进去的名校，同班同学里有一半以上的人联考分数都可以去读医科当医生，但是因为家里穷或是其他原因，反而将志愿填了这所大学的“生物系”，我就是其中之一。读高中的时候我就很想当一名科学家，当时学校里有个专门研究蝴蝶的生物老师陈维寿在学校建了一间全台湾最早的昆虫馆，我去向他请教关于蝴蝶的知识，临走前他送了我一个蝴蝶的蛹，要我观察它羽化的过程，我亲眼见到这个蛹后来羽化成为台湾特有种的黄裳凤蝶，黑底黄边，有着非常高贵艳丽的色泽。对我而言，那是我对生命的奥秘好奇的起点。

进了大学后，我很想成为一个“想象中”的风云人物，那种长得又高又俊美，成绩好运动也棒，有很多女生在后面指指点点，或是会写情书给我表达爱慕的大学生。我家离师范大学很近，从和平西路二段到和平东路一段。我每天骑着一辆在二手店买的旧单车，头上戴着一顶不怎么合宜的白色美国西部牛仔帽，一路飙到校门口。我不断练习着下车的英姿，让自己像美国西部电影中的荒野大镖客，是要来这里行侠仗义铲除恶人的。当然，我会很失望，在单纯朴实的实验室里没有恶人可铲除，最多只能杀杀青蛙或是兔子做成标本。女生们曾经偷偷地票选班上最英俊的美男子，前三名里没有我，我反而名列最臭屁最爱表现的男生第一名。苦闷啊苦闷，于是，我开始写作，投稿给报纸副刊，我想在学校无法成为“想象中的自己”，那就另辟新的战场吧。

我在想象中把自己幻化成无数个小说中不同的角色，其中有一个就是读师大生物系的“赵一风”，那正是想象中的我，又高又俊美的风云人物，加上了蝴蝶的蛹作为整篇小说的象征，于是有了《蛹之生》这一系列的小说。这条创作之路奇迹般地顺利，我因为写作，真的很快成了学校的风云人物，走在校园里总是有人指指点点的，打篮球时，慕名而来当啦啦队的女生越来越多，这一切都来得又急又快，我整个人像是腾云驾雾般的，连走路都不会走了，因为风云人物走路有时候会右手右脚同时抬起。

大学毕业后，我去了一所中学实习，也同时出版了《蛹之生》，我写下了这本书的第一篇序《是青年，不是作家》时写得义愤填膺，像是要救国救民、舍我其谁的笔调，还放了一张看起来身高有一百八十公分、轮廓很深很俊秀的大头照。崇拜总是从“错觉”开始的。果然这本书很快就秒杀般地再版了，出版社老板建议我火速赶一篇“再版序”，那时候台湾正陷入经济不景气的环境，新书再版并不容易。

于是，我又写了一篇像是“天已大明，曙光出现”，像是要动员全台青年上战场的誓师宣言。然后三版、四版……老板总觉得大概就只是这样了，老是催我继续写新的序，来答谢读者的爱护。

我像上了瘾般地写着序，我好像永远有说不完的话，我的苦闷果然找到了出口。

今日的我批判昨日的我

当我的第一本小说集《蛹之生》开始热卖时，我结束实习老师的工作去军中服预官役，整天都是出操打靶冲锋陷阵，写出来的序更是杀气腾腾的，像是战事爆发书生著书立说以报效国家，全是英雄的口吻。

我也开始接到许多大专院校的演讲邀请，我站在人山人海的大学生前面谈着自己的理想和抱负，经常讲得热泪盈眶。当时的我一点都不幽默更不轻松，我的眼神充满了愤怒和傲气，浑身上下全都是从战地带来的硝烟味。我在军中继续写作，我换了一种风格，刻意将小说写得很严肃，出版了第二本小说集《试管蜘蛛》；服完兵役出版了第一本散文集《生烟井》，和《蛹之生》一样畅销。许多年之后，有文学评论家在《册页流转——台湾文学书入门108》中这样描写："战后台湾文坛像他这样：年纪轻出道早，同时被市场充分接受的，确实少见。"

我后来陆续写的小说集和散文集也都交给那家规模很小的印刷公司出版，不是因为这家公司懂得市场，而是我懒得换出版社，我把心力都放在全力冲刺我的新工作上。我只是拼命地工作，并不在意自己的书是如何设计包装和销售。《蛹之生》在十三年之间陆续印了五十三版，还不包括盗印在内。我到底为《蛹之生》写了多少序，连自己都忘了。其中有一篇是去阳明医学院当助教时写的《树的流行》，是我对自己的书"太过畅销"的"反省"，有个读者写信给我说："流行有什么不对；满山遍野的树也很流行啊，因为，你已经将你的名交给了社会……"

这十二年之间，我的人生起了极大的变化，就像我不断被老板催促着写新的《蛹之生》序一样，我也被命运之神不断催促着往前冲，不停变换着人生的方向和角色，结婚生子、去美国深造、改行写电影剧本、去电影公司上班忙着“兴风作浪”搞新浪潮，直到终于喘口气，休息一下。《蛹之生》跟着我的其他小说和散文集换了一家很大的出版社重新发行上市，当然，这回又要写一篇“全新的序”，我又把“昨日的我”批判了一顿：“事情并不是这样的。”

我提到一个从小被爸爸送去美国的小留学生长大后成了企业家，他一定要和我见个面了个心愿，因为当年他去美国时，行李箱里就只有这本书。后来他娶了一个来自大陆的导演，两个人常常讨论台湾和大陆在生活习惯和价值观念上的不同。他认为当初台湾政府用“戒严”和“反共”教育欺骗了我们这一整代的人，他迫切地想让我认识一个“很不一样”的新中国，他很神秘地交给我几卷大陆导演的电影作品。我安慰他说，这些年来我因为接触和阅读，早已经和过去的我差很多了，我还在香港偷偷和大陆第五代导演碰过面聊过天呢。“那你的书应该去大陆发行的。”那个朋友非常热切地说。我淡淡地回答说：“一切随缘吧。我的人生从没规划过。”

《蛹之生》出版三十周年时发行了纪念版，我又写了一篇细说从头的序《封面的故事》，将我这本书重新改版发行过三次、换过四次封面的故事又说一遍，然后将封面换回三十年前由画家陈庭诗先生为我画的第一个封面。这样，又过了六年，很多学校还是将这本书列为学生必读的课外书。

然后，终于等到了这一天，这本在台湾不知道绕了多少圈、进到了多少角落的书，就要在大陆发行简体字版了。“应该为大陆的读者写个序吧，一两千字就好。”从北京传来的讯息这样写着。是啊，一两千字对过去的我是不多的，为了这本奇书，我写过许许多多字的序，但是此时此刻，我忽然哑了，千言万语，不知要从何说起。

是的，我真的哑了，我得暂时闭上我的嘴，不再啰唆，也不再申辩。因为我几乎已经不认识自己了。我分不清楚自己是那个想当风云人物的大学生，还是已经换了一个叫作“小野”的作家，继续生活在这个世界上？我常常要推翻昔日的自己，可是自己又到底是谁呢？

这真是天方夜谭呀！

那年秋天我去德国参加一个国际书展，我和一个同行的朋友被安排住到德国法兰克福火车站旁的旅馆，那是一间很高级的旅馆，站在门口高大的侍者像是站在皇宫外面的禁卫军。

到达的时候是凌晨，天还暗暗的。湿湿冷冷的天气里有一种说不出的萧条冷瑟。天亮起来后，可以看到一些宿醉未醒的酒鬼东倒西歪，喃喃自语着自己倒霉的人生。除了参加一些正式的活动外，我每天都会找时间由旅馆走到火车站，除了东张西望地看着行色匆匆的旅客外，就是很想听火车站里面定时传来的德语广播，我一点也听不懂，除了一些地名。那些地名总是会有“Burg”“Hof”，有一种遥远陌生却让人充满想象的魅力。还有就是那种从挑高宽广的火车站大厅传出来带着回声和共鸣的德语，配合着火车进站的声音让我久久无法离去，那一瞬间使我想通一件事情，为什么小时候听妈妈说《天方夜谭》的故事时，她的腔调是如此迷人？从小就从家乡逃出来历经沧桑的妈妈，会用一种稳定而平静的语气说故事，虽然她会随着故事情节的变化，时而欢乐时而紧张，但是藏在这些故事后面的是一种对人生的了悟，使她在说故事时更能紧紧扣住听故事的人，小时候没有察觉，此刻，人在异乡的火车站，豁然明白。

记忆中的爸爸一直非常不快乐，他常常在辛苦工作之余借酒浇愁，平常不加班不熬夜的夜晚，他总是会被勾起许多伤春悲秋的情绪而失眠，于是他就会要求妈妈说个故事来听听。他总是这样撒娇地对妈妈说："冰啊，我又不快乐了。"于是妈妈的故事就这样开始了。妈妈说故事的声音永远是那么高亢饱满、抑扬顿挫，随着故事的情节起起伏伏充满了张力，连睡在隔壁两间小房间里的五个孩子都听到了。妈妈的声音像天真无邪的孩子的歌声，充满了欢乐和喜悦，我始终不明白像妈妈这样经历过许多悲惨故事的苦命女子，为什么说起故事来像是一个对人生充满了向往和憧憬的小孩子？有时还会自顾自地笑开怀。

妈妈的故事真是古今中外天马行空无法归类，除了说得出来源的《聊斋》《今古奇观》《六朝怪谈》外，还有一个重要来源就是《天方夜谭》了。在听妈妈说《天方夜谭》的故事之前，妈妈的口头禅就已经是"这真是天方夜谭呀"。如果我们问妈妈说：将来我们会拥有自己的房子吗？她就会叹口气说，这可真是天方夜谭呀，能天天有米吃就阿弥陀佛了。对了，就是这样的口气，"天方夜谭"是一种达不到的梦想，一种认命；"阿弥陀佛"却是一种感恩，也是一种知足。

所以小时候，我们也就很习惯地接受一些别人家孩子可以做到，对我们却是"天方夜谭"的事，像是可以和同学去参加学校的旅行，像是可以去学钢琴学舞蹈，像是可以去补习，或可以偶尔去吃一些高级一点的美食，或是拥有让自己支配的零用钱之类的事。长大后，我们曾经抱怨我们有许多感官上的欲望和感觉都被贫穷和物质匮乏给压抑掉了，也会向父母亲抗议！

后来年纪更大以后，我才渐渐了解，那个时代贫穷的家庭何其多，比我们家还穷的家庭更是不计其数。我们在童年那段很长很长的日子里，每个夜晚都能在听着妈妈说《天方夜谭》的故事中香甜地睡去，梦中还会出现阿里巴巴、辛巴达和阿拉丁，对许多孩子来说才真的是“天方夜谭”呢！只是我们习以为常，不觉得珍贵而已。

说故事的精灵

就像《天方夜谭》故事的起源一样，妈妈用她说不完的故事抚慰了天天失眠的爸爸，也间接地培育了我们五个天性乐观的孩子。那不是和一个会说故事的女孩用她说不完的故事，阻止了天天要杀害一个女人的残酷国王的暴行，抚平了国王痛恨女人的心结，最后也拯救了全国女子一样吗？说故事本身的伟大力量在《天方夜谭》中一再出现，故事中有许多危机，也都是因为一个人说了一个动人的故事，而有了重大的转折。

妈妈的《天方夜谭》就像定时进站又出站的火车，永不停止，隆隆地驶着，她的声音就像火车站传来的低沉又怪异的广播，抚慰着进进出出的旅人。为了让她的孙子孙女们也能听到自己亲口说的《天方夜谭》，妈妈每天下午一个人躲在书房里静静地录下了一百卷的故事。记忆中，我的两个孩子入睡前会先讨论一下今天晚上各自要听哪一卷，哥哥总是会提醒妹妹说：“这一卷很好听，不过里面有一些比较恐怖的，还有就是那个那个啦，你还太小，最好以后大一点再听。”妹妹却坚持要听，哥哥越是强调“那个那个”，妹妹就越是深深被吸引着。

“好吧，别怪我没警告你，听了睡不着别怪我哟。”哥哥说完，总是迫不及待地进屋内听奶奶最新录好的故事了。妹妹后来证实哥哥是故意吓唬她的。

两个孩子在听故事前的对话，总让我想起妈妈说《天方夜谭》时常常用到的情节：“老人一再警告年轻人说，你千万别打开那一扇门。那一扇门里面就有我们为什么天天哭泣的秘密了。如果你打开了，你也会和我们一样从此终日以泪洗面。”通常故事中的主角都是禁不住好奇，最后让悲剧重演。

《天方夜谭》的故事非常世故，充满人生的警告，财富、名位、权力、女色、欲望转眼成空，人生就是一场冒险，不确定又危险，但是，刺激得很。我们总是在更老更老的时候想通《天方夜谭》每个故事的警告，后悔莫及。而长大以后我偏离父母心目中安全的航道，做了许多小时候妈妈觉得是“天方夜谭”的事情，想想，或许和童年天天有《天方夜谭》可听有关系吧。

孩子们总会有长大的时候，也会有远行的机会，每当他们出发前，我总是会在地图上先找到他们要去的学校和住家的位置，以及附近的环境，我会写一封很长的信给他们参考。孩子们都笑我说：“不用害怕，只要去到那里一切就都会解决的。”孩子们的勇敢，往往超过我的想象和预期，或许他们深信有些东西是永远会跟着他们到天涯海角的。或许就在纽约地下铁候车的时候，或许是在米兰的某一个文艺复兴时期所建的大教堂里休息时，他们也会像我在法兰克福的火车站一样，瞬间听到一种熟悉的声音，久久无法离去。当人生走得越远，或许越容易想起那些童年每天都听得到的《天方夜谭》。

妈妈走的时候，她的长孙李中从纽约写了篇文章悼念奶奶："……千面蝶的故事是奶奶少数自己创造的故事之一。千面蝶有千种面貌，没有人知道她的来历甚至性别，只知道她来无影去无踪，每一次出现在人前样子都不一样……她是树林的一道剑光，是夕阳余晕下的一抹红影；最让人记忆深刻的是她听起来非常快乐不做作的笑声。每当她行侠仗义完后，人们就可以听到那样的笑声，慢慢远去……我的奶奶就是千面蝶。"

而她的孙女李华是这样描写她的："从前从前，有一个很娇小的人，活在人群里，一直以为自己是个小矮人。终于到她要离开的那一天，一群小精灵搬了梯子来接她，她才知道，原来她是小精灵里面的大巨人，而不是人类里的小矮人。奶奶在我眼里，就是一个被困在娇小皮囊里，被困在贫乏资源里，被困在无聊生活琐事里的自由精灵，说故事的精灵。"

这就是妈妈留给她子子孙孙最珍贵的天方夜谭。

“鬼字”

从小爸爸就用各种方式和我对话，除了用说的，还会用写的，还要每天批改我的日记并定时改我的阅读心得；连送给我的照相本上，都写了很多勉励指导的话语，像一本书前面的序言。

他对着我一直说个不停写个不停，有时愤怒，有时哀怨。我很难用言语去形容我和他这样的紧密关系到底是什么？是一种“强迫式”的不能拥有隐私和秘密？还是一种“强迫式”的坦白和交心？或是一种很“聪明”而“有效”的教育方式？还是建立亲子沟通的平台？我没有答案，于是我很想去找答案，因为我觉得有一种被捆绑的压抑，如影随形地跟着我大半辈子了。

最近我试着在几个对象完全不同的演讲场合，拿出四十多年前我被爸爸批改过的日记和阅读心得做了简单的问卷。我先大概描述有两个喜爱创作的孩子，在两个完全不同的家庭中成长。一个是公务员爸爸有计划的培养，严格规定他写日记和阅读课外书籍，并且规定要写阅读心得，爸爸会指导并批改。另外一个的爸爸很少和他的孩子说话，更不用说要他写日记和读课外书籍了。我的问题是：请问这两个孩子哪一个比较有可能成为作家？不过我也预留了第三个答案是，不一定。这几场演讲的对象分别是国中的语文资优生、某大企业的员工和某一所烟毒勒戒所内的人。

国中语文资优生那一场的结果令我很惊讶，因为全场竟然没有一个学生认为那个被爸爸有计划训练的孩子“比较容易”成为作家。当我展示手中的日记本和读书笔记说这个孩子就是我时，有个学生还用非常同情的口吻说：“你好可怜，是零票。”于是我想到一个理由是，现在的孩子要学的东西太多，所以很讨厌大人逼他们再去学什么，所以我会得到“零票”。

可是这个假设在第二场对大企业员工的演讲中又被推翻了，因为问卷结果竟然是一样的，小孩和大人都认为自动自发的那个孩子更有可能成为作家，那个从小在爸爸有计划的训练下的孩子反而没有用。监狱那一场的结果不但是一样的，其中还有一个听众的发言，更深深触动了我。他站起来说：“我的成长背景几乎和你一样，有一个严格的公务员爸爸，同样要求我写日记和阅读。但是，我可没有你这样的幸运。”

这样的结果真令我怅然若失。我随手翻到小学五年级某一天的日记，内容是写爸爸在我正要上床睡觉前叫我过去，他指责我当天的日记上有很多“鬼字”，他认为我是无可救药了。什么是“鬼字”呢？这是我们父子之间的专有名词。根据爸爸的定义，该拉长的一撇或一捺没有拉长，一横或一竖写得不够长，或是应该对齐的笔画没对齐，应该遮住的部位没遮住都属于“鬼字”，爸爸会在这些被他判定是“鬼字”的字旁边打个红红的大叉。

如果字就像一个人的脊椎的话，爸爸就像个整骨师一般，不断地整着我的脊椎，他一直不满意我的脊椎，觉得我整个人是歪歪扭扭的。爸爸会用充满文学意味的笔调形容我的字是:“像在战场打了败仗的伤兵，断手、断腿、歪脖子、斜着身体走着。”他曾经非常生气地写着:“你如果没有决心改过，使鬼字逐渐减少的话，就不必再写，我不想看了。”我在日记上这样回应:“爸爸用摇头代替打骂，使我更心痛。”

事隔四十多年，尤其是在我连续做过了三场问卷之后，我抚摸着爸爸当年亲手为我制作的日记本和阅读笔记本，四十多年前那种心痛的感觉依旧清清楚楚。二十四岁那年，我出版了第一本书，封面的书名和作者的名字都是由爸爸用毛笔字题写，爸爸的字飘逸俊秀，从此，我所写的书都是由爸爸题字，一直到很多年之后，才结束这样的“加持”。

在一场演讲后，有个中年女人静静地翻着我童年的日记本，她说:“其实你的字很可爱。但是你的爸爸在他的能力范围内，也尽了最大的力。没有什么对错，这是我看到的真相。”

黄牛慢走，火车快飞

在东西向的莒光路和南北向的万大路相互垂直的交通网络尚未形成的年代，在万新铁路还没有拆掉铺成汀州路的年代，在西藏路和三元路还是一条大河沟的年代，在小学毕业后上初中还要考联考的年代，有二十多年的时光，岁月让我像一条被保护在蛇洞内冬眠的蛇一般感到安全舒适。

我活动的范围不大，当我和同伴们在铁轨上追逐时，只能玩到大河沟的旁边，古亭和萤桥仿佛在遥远的另一端。当我上了幼儿园和小学时，也是沿着铁轨朝相反方向走去，那里是艋舺车头（火车站），在巷巷弄弄中穿来梭去，读完了幼儿园和六年小学。再来的十年，包括六年中学和四年大学都是用一辆从万华的贼仔市买来的便宜脚踏车解决了我所有交通问题，方圆两三公里以内，我所有童年和青少年的生活和学习就这样完成了。

所以当我从师范大学毕业拿到要去实习的公文通知书，上面写着“台北县五股乡五股国民中学”时，我真的傻住了。台北县五股乡在哪里？于是我试着从永和搭公交车到中华路换三重客运，一路颠颠簸簸摇摇晃晃地由三重、新庄到五股，几乎没有搭公交车经验的我简直像是搭了一艘船，品尝着一种陆上行舟的滋味，头晕呕吐丑态百出。

一年后我被分发到中坜龙岗的一个救护车连当预官排长，一排的弟兄都是驾驶兵，个个都是开大卡车出身。按照军中规定，军官是不能驾驶救护车的，怕发生意外折损兵力，可是我偏偏想被“折损”。于是趁着连长休假我最大的时候坐上了驾驶座，开启了我驾驭救护车的时代。我手握方向盘脚踩油门，成了一个没有驾驶执照的赛车手，在营区内绕着圈子，速度越来越快，终于在一次转弯中冲进了壕沟内，花了很大力气才把救护车拖上来。二十四岁，当我连人带车地跌在军营四周的壕沟内时，才觉得自己真的长大了，冬眠的蟒蛇醒了，终于爬出了安全的家。

从一个“叉”慢慢认识自己

小时候的家其实是用物资局仓库的停车场临时改建的，仓库内堆放着各种民生用的物资，我们就紧邻仓库而居。孩子们喜欢看到驮着物资的黄牛从远方缓缓走过来，慢慢拐进仓库的大门。那些盛满黄豆的麻袋，总会因为扛麻袋的工人用铁钩拉起沉重的麻袋往肩上放时留下小小的破口，于是孩子们就会用已经削好的竹筒插入麻袋的破口内，让黄豆顺着竹筒流出来。“走慢一点嘛，我们正在替你减轻重量哩。”孩子们跟在牛车后面一手竹筒一手水桶的，很快就装满一水桶的黄豆。

仓库管理会清点麻袋的数量后，黄牛就在附近大树下休息，通常也都会为了减轻重量，留下一坨很巨大的而且还冒着烟热腾腾的粪便之后才肯离开。黄昏时，不远处那一个砖砌的大烟囱冒出了浓浓的黑烟，家家户户的炊烟也跟着飘起，有着浓浓的黄豆味道，那是一种像田园生活般宁静又幸福的味道。

小时候我并不知道大烟囱就是垃圾焚化场，就在我们家附近，其实空气中飘浮着很多悬浮粒子。我们总是期待着黄牛驮着黄豆慢慢走进我们竹篱城堡的势力范围内，而我们是一群手拿竹筒和水桶保护动物的小英雄。祖母总是叫嚷着要回大陆老家，她说战争结束了，她留在大陆老家的田地和家当没人管，她该回去处理了。她从屋子里一路叫喊着，手中还真的拎着一个包袱，只不过她不敢跨过宿舍外面的那两条铁轨。她停在铁道前面等着火车开来。她说她要搭火车回大陆老家，她说有人告诉她这条铁路是可以通到大陆老家的，她给了我一把钞票要我替她买车票。当火车开过她就一直招手要火车停下来，我紧紧抓住她的衣袖往后拉，怕她万一跌倒发生意外。

火车天天在我们家门口来来去去，我养的小狗有一天惨死在火车疾驶的轮下，一个爱吃狗肉的叔叔连忙赶到我家把那只小狗煮来吃了。我很害怕祖母天天守在铁道旁边这样叫嚷着，于是就对祖母说我唱一首歌给你听，你不要一直叫："火车快飞，火车快飞，穿过高山渡过小溪，不知跑了几百里。快到家里快到家里，妈妈看了真欢喜。"祖母听不懂普通话，可是她哭了，后来她就疯了。

我一直不忍心告诉祖母说这条铁路并没有通到她在大陆的家乡，因为这条铁路只有十公里长，从万华到新店，除了载客人，还载着由盆地南方开采出来的煤炭和山林中砍伐下来的木材。在我读

高中的时候，这条长十公里的铁路结束了它四十多年的任务被正式拆除，因为怕沿路的民众侵占那些土地，政府又花了一年的时间把铁道铺上柏油，成了现在窄窄而蜿蜒的汀州路。说来也真是巧合。铁道拆了，似乎也断了老祖母返回家乡的梦，不久之后她就离开人世了。

就在大学要毕业的那年，为了打通万华东西南北的交通，政府决定兴建莒光路和万大路，两条大马路像十字架一般给这个老旧地区带来了救赎和希望，而我所居住长达二十多年的竹篱城堡终于遭到被拆除的厄运。童年和青少年的记忆，瞬间就像被莒光路上来来往往的车辆轧得扁扁的小蛇一样，早已成了失去原样的标本。原本要花很长时间在巷巷弄弄穿梭之后才能走到的双园国小和万华初中，怎么变成坐落在大大直直的马路边，离原来我们住的地方好近好近，但是住了二十年的家却永远消失了。

慢慢走过来的牛车，想象中可以回到大陆家乡的火车，一路吆喝着的三轮车夫，这些儿时记忆都被莒光路和万大路打了一个大大而粗暴的“叉”。对我而言，这些大马路不是救赎的十字架，而是毫不留情的“叉”，这个“叉”提醒着我关于自己的身世，是多么不同于其他世世代代居住在这里的人。

我从这个“叉”开始慢慢认识了自己。

妈妈溜掉了

当医生宣布你死亡时，我忽然快步走向急诊室的门口，外面下着蒙蒙的细雨，天空已蒙蒙亮，时间停在二〇〇九年四月二十六日清晨五点二十九分。

当时我立刻赶到门口和你说再见，怕你很快就溜掉了。我觉得这几年你卧病在床，无法行动自如，你一定闷坏了。我仰着头望着天空对你说话，因为我相信你已经立刻升天了，留在急诊室内饱受一夜折磨的只是你的躯体肉身。你的灵魂正自由自在地启程四处飘荡，我的耳畔响起了那首挂在你的床头那只小熊会唱的儿歌："一闪一闪亮晶晶，满天都是小星星，挂在天空放光明，好像许多小眼睛……"

当时已经微亮的天空看不到小星星，可是我却看到了许许多多的小眼睛，就像你的小眼睛，当你笑起来眯着眼时的那种小眼睛。爱哭的二姐躲在角落无声地哭泣，大姐很平静地喃喃自语："我们的妈妈是最有福气的人，晚年和二姐住在一起，我们又可以轮流照顾她。你说对不对？八十八岁了。在走之前，意识还那么清楚。"她重复地说着这些话，像是代替别人说着安慰家属的话。

我努力地思索你在被送到急诊室之前所说的最后一句话是什

么，你好像就是说：“我。要。死。了。”说完这四个字之后，你就闭上了眼睛。过去二姐曾经问过你，对于死后有什么要交代的，你只淡淡地说：“一切由你们决定。只要你们方便就好。”这就是你。妈妈，这就是你。对于生死你看得那么淡，我从你的眼睛中读不到一丝恐惧。

爸爸走的时候你没有哭。三妹走的时候你也没有哭。你自己走的时候更没有哭。我也很想和你一样不哭，但是当我仰望天空想着你已经溜掉时，还是忍不住偷偷拭泪。你真的溜掉了。妈妈，我知道，其实你很想溜掉。记得当年爸爸走的时候你赶到医院，你抚摸着爸爸的额头很温柔地说：“琳哥，我来了。你放心地去吧。你一生好辛苦，现在总算放下了。你安心地去吧，我和孩子们会好好的。我很快就会去找你的。”你平静的语气让我们做儿女的安心不少，我原来一直哀求医生继续抢救爸爸，我很慌张地对医生说：“我怕我妈妈无法接受这个事实。”你从容不迫的态度让当时一片慌乱的气氛瞬间安定下来。

面对三妹意外的死亡，你的态度依然是那么平静。你很不舍地抚摸着幺女儿的面颊低声地说：“三宝，我知道你活得好苦，好累，你是那么善良心软，要你忍受这么多的痛苦，你一定是撑不住了。你安心地去吧，我们会照顾你的孩子，你不要担心。我深深期待再与你母女相会的日子。”没有想象中白发人送黑发人的哀恸。你在后来的一篇追悼三妹的文章中写着：“我在这儿祝福你，支持你，你的选择是对的。人生有太多的苦难，叫人受不了啦！”你觉得死亡是一种选择。你认为当一个人不想活的时候，就会用各种方式让自己从人间消失。你什么也没交代就溜掉了，或许这也是你的选择。

我们只能凭着过去和你相处的经验去想象你希望我们怎么做。你是一个很怕打扰别人，更怕麻烦别人的人，你一定很向往那种谈笑间潇洒走一回的感觉。所以在你的告别式上我们快乐地唱歌，说一些关于你的笑话让来宾笑，我们准备了那本已经绝版的《酷妈不流泪》送给来宾，我们知道你会喜欢这样的感觉。一个不要哭只要笑的告别式。后来朋友遇到我都说，这是一个好温暖的告别式，所有的来宾都笑着离开了会场。难道你当时也是笑着溜掉的吗?

你走三年了，我天天睡在你睡过的床上，天天坐在你坐过的椅子上，我从来没有和你那么亲近过，也从来没想过你死亡后，我还可以用这样的方式亲近你。

太空人最后的太空漫步

妈妈你真的溜掉了，并不是躲猫猫那种躲起来，你不会再回来了。

记得那天清晨，当我们正将你的躯体移到另一处地方安顿时，大门口架满了电视台的摄像机，你才刚告别人间就玩起如此大的排场，或许你要替我们母子玩的太空人游戏画上美丽的句号。我忘了从什么时候开始，每当我扶着你从床上起来进行那些例行的活动时，我就会用一种现场转播的语调这样说:“这是历史上重要的时刻。九十岁的女太空人黄冰玉现在要搭太空船出发了。她正吃着太空食物，非常营养，在无重力的太空中吃东西，难免会吃得很辛苦。”

当我扶着你用助行器吃力地走向马桶时，我会亢奋地继续说："九十岁的女太空人黄冰玉，正在太空漫步，因为失去地心引力，每步踏出去都很辛苦。她现在要排尿。这是更困难的动作，失去重力的尿尿有可能往上飘。但是黄冰玉成功了。尿尿成功地向下流。"

你总是会被我逗笑，但是我知道，这个笑容是很苦涩的，是一种基于无奈的善意，因为你知道你的大儿子如此卖力地演出，无非是想学老莱子娱亲。其实你踏出去的每一步都异常吃力。当我将你轻轻放回床上盖好棉被，我会继续播报："太空人黄冰玉成功地完成任务回到了地球，全球记者都守候在外面等着她出去。可是她需要休息，所以记者会将由她的发言人李远代表出席。""你好好休息，我去外面应付一下记者。听说总统也会来颁发勋章给你。"我这样对你说，你松口气说："你去吧。谢谢你。你也去休息吧。"这次，你去了太空却没有再回到地球，难怪全球记者都赶到了，我得出去发表一下你的最后遗言。不过，我探头看了一眼隔壁小房间里摆着的两张照片，是两个来台湾观光意外死亡的大陆人，原来他们是要来采访这个两岸的大新闻吧？

那是一个寻常的星期天午后，距离你离开人间大约八个小时。我猜想你已经找到在天上的爸爸和三妹了。爸爸第一句话可能是："冰啊，你怎么搞那么久才来啊？来，快讲个故事。"三妹的第一句话可能是："哈，老妈辛苦了，先躺下来聊聊天。"我不确定会是这样的场面，因为你们三个人有三种不同的宗教信仰。我喜欢自己想象，这样我会比较好过。我补眠后，发现两个姐姐已经在挑你的照片了，桌上堆满了你各个不同时期的照片，二姐拿起一张你在花丛的照片说："你看，我们妈妈多么会笑啊？"大姐也笑了起来，像鹦鹉学舌般跟着说："我们妈妈最棒了，她最会笑。""只要有玩，她就开心。"我也凑过来想帮忙挑照片。两个姐姐却异口同声说："你去工作，专栏不是还没写好？挑照片的事交给我们。"我不理会她们，动手挑了起来，她们干脆把我赶进房间里，碎碎念着："快去工作。"

我想起小时候这两个姐姐就是这样催我写功课的，我是她们心目中不爱读书的野孩子。可是这一刻，当我们刚失去母亲的时候，她们的话让我觉得好温暖。没错，我们都是来自一个为了求生存能很卑微地活着，愿意互相扶持不停工作的劳碌家庭。不过就在我要回到房间工作前，我已经看中了一张照片。你身穿天蓝色的日本和服，笑眯眯地坐在一艘扁舟上，粉红色的头巾和粉红色的衣领衬托着一种喜气。我们无法判断这张照片中的地点，也不确定你是和谁去旅行。唯一的线索就是衣领上的那排字："最上峡芭蕉"，底下是日文。懂日文的大姐解释说那个日文字是"线"。

"就是这张吧。有妈妈招牌的笑容。"我说完转身就去工作了，我挑了一张很不一样的遗照。

被枪毙的舅舅黄梅

说来或许这一切都是天意。就在你溜掉后第二天，我们在卧龙街上的福州山的登山口发现了一间全新的刚刚才建好的基督教长老教会的教堂，在这里做你的告别式和你平易近人的风格很像。"妈妈每天早上都是从这个登山口，慢慢爬到山顶的，所以在这里办告别式很有意义。”我对二姐说。

其实还有一个没有说出口的理由。五十九年前，二舅黄梅因为匪谍罪被枪决后，尸骨就是被随便埋在这里的，那时候这里被称为乱葬岗。大舅黄仁说当时一共有六个随着军队来到台湾的年轻人一起被枪决，每个人分到一块砖，上面写着各自的名字。你不想提起这段伤心往事，所以你生前我也不太敢和你谈起这件事，只知道我那从未谋面的二舅黄梅被枪决时才二十四岁。

记得你在快要离开人世前说的一些话语中，有一句曾经让我耿耿于怀。你说：“我这一生中唯一做对的一件事，就是带着弟弟黄仁来到台湾，眼看他成家立业。”我当时还有点抗议地问你说：“那我们五个兄弟姐妹呢？”你瞪直了眼睛说：“你们都姓李，不姓黄。”那么斩钉截铁地说“唯一”，可见得能带着大舅来到台湾对你而言是生命中最重要的事了。你说：“黄仁乖，黄梅爱捣蛋，我只有能力带一个出来，我就带乖的。”没有带那个捣蛋的出来，捣蛋的果然闯了大祸，除了自己命丧宝岛，差点还株连九族。“如果能一起带出来就没事了。”你终于幽幽吐出了这句一生最遗憾的话了。

去年大舅黄仁得到电影金马奖颁发的特别贡献奖，当电视上转播着大舅黄仁上台领奖并致辞的画面时，我们赶快扶你起来看。当时你的表情略显激动，眼角还有隐隐的泪光。你真正的心愿终于达成了。大舅黄仁曾经写过一本家族自传体的书《三斯堂》，从那本《三斯堂》中，我才对二舅黄梅被枪决的始末有了初步的了解。

如果当年二舅黄梅跟着你来到台湾，在台湾考上大学继续求学，以他的才华应该也会是一个作家，或是一个文字工作者。

二舅黄梅在读福州师专时写过一个舞台剧本《青山绿水空遗恨》，剧中的男主角沈烈是一个冲动鲁莽过度热情的人，他娶了一个绝对顺从、温柔贤惠的女人金花为妻，两个人的结合其实是一场悲剧。沈烈找了借口和金花离婚，响应青年从军的号召，然后一连串的悲剧发生了……他想表达的是一个具有悲剧性格的人，活在一个悲剧性格的社会和时代，以悲剧的方式匆匆地结束了短暂的生命。他的剧本似乎预言了他自己的悲惨命运。

二舅黄梅在读福州师专时，和他的女朋友秀芬加入了一个民盟地下小组，这算是一个和共产党同一阵线的民主党派的学生组织。后来他报名参加解放军第十兵团的"南下服务团"，等待机会来台湾。当时戍守金门的胡琏兵团透过地下组织在福州招募敌后青年加入军队，事后想起来这是一场谍对谍的大阴谋，一些热血青年轻易加入了这个兵团，如飞鸟入了笼子，从此走上牺牲死亡之路。在那个悲剧的时代，一个年轻的生命在牢狱中被刑囚折磨一年后死于枪下。

或许这才是你这一生最大的遗憾。我终于了解在二十年前当台湾的反对党还没有崛起时，我和我的朋友以公司的名义接下了替反对党拍的电视竞选广告时，你几乎要抓狂了。你恐惧地喊着："我死了一个弟弟还不够吗？"

你一直对我的言行不放心，因为你觉得我有点像二舅黄梅。

最后的笑容

弟弟写了一篇纪念你的文章，解答我们决定要用在告别式上的那张照片之谜。十三年前爸爸过世时，弟弟从美国南方沼泽地换飞机，一路哭着回台湾奔丧，并且决定以后每年暑假都要带你到世界各地去玩。那年夏天，你们去日本参加一个大自然深度之旅。

有一天你们玩到了山形县的最上川，搭古式渡舟游河，当时雨势由小变大，两岸顿时白茫茫的一片迷雾，船家小姑娘唱起了山形县的古调，爱搞笑的弟弟就借了你的围巾绑在头上，随着歌声跳起了奇怪舞步，船上的客人乐翻了，你也笑得合不拢嘴，那就是照片上的笑容。你心满意足的笑容里全是你最疼爱的儿子的搞笑舞步、船家小姑娘的歌谣声，还有日本山形县最上川的雨声。

弟弟在那次旅行中因为难得和你共枕眠，发现每到深夜你就做着相同的噩梦，你的手在空中挥舞，用高亢的声音尖叫着："把绳子丢下来。快把绳子丢下来。"你一脸惊恐，表情紧绷。弟弟轻轻握着你的手，在你耳畔轻轻地说："绳子来了，接好。"你八岁那年，为了躲避战火，全家搬到长汀。后来战火蔓延到长汀，外公连夜去到闽粤交界的峰市，留下外婆和你们姐弟妹。

十一岁的你就跟着盐贩连阿姨离开长汀，穿过重重包围去遥远的峰市找外公。你的人生由此揭开序幕。你一路奔波，你跌到一个坑洞里，那是一片乱葬岗，坑洞是刚挖好的新坟。你求救，你踩到了别人的尸骨，你吓得要赶快爬出坑洞。挥之不去的恐惧和不安如影随形地跟着你，你要一条救难绳自救。那真是一个大苦难的时代，而你只是侥幸的生还者，在这个收容你的小岛上活了下来。

就在你走后大约半年的一个早上，我还在半梦半醒之际，刚退伍的俊廷走到门口告诉我："仰芳叔叔来了。"我以为是在梦中，因为这是件很不寻常的事，住在基隆的独居老人仰芳叔叔在没有预告的情况下忽然出现在我们家，我的直觉是他大概要来"交代"一些事情了。他今年八十七岁，在台湾没有其他亲人。

我匆匆带了纸和笔到客厅，有重度听障的仰芳叔叔要用纸和笔和他沟通。我写了第一句话是："怎么忽然出现？"他用吵架般的音量说："我收到一封信，说是你妈妈有状况了，我就赶来了。"我继续写："那你知道我妈妈在半年前过世的事情吗？那时候有通知你，你也来过我们家了。我们还聊了很久。"他很无辜地看着我说："我不记得了。今天我收到一封信，那封信我忘了带来，我就赶来了。"

我从他的口袋掏出了他所谓的"那封信"，果然就是半年前寄给他的讣文。我把折成一小方块的讣文打开："亲爱的朋友，我们的妈妈黄冰玉女士安息了。她离开人世时正好天亮，微雨，大地寂静无声，孩子们随伺在旁，她奋斗了八十八年的生命，终于画下了圆满的句点……"他头发还有一大半是黑的，放大音量重复说着半年前坐在同样的位子上说过的话。他说的内容还是他当年多么有骨气地不回家乡，然后一个人逃来台湾的过程，然后强调他不喜欢和同乡来往，宁愿独来独往。他说他是军家人，是明朝从南京来到闽西剿土匪的军队的后代，所以他姓危，是极少数和祖母来自同样地方的亲戚。

人是靠着记忆才会觉得自己的存在，当记忆开始一点一滴地流失时是一种幸福还是不幸呢？当所有的记忆都快消失时，最后还残留的记忆，就是这个人最在乎的东西了。妈妈，面对苦难悲恸，失忆应该是不错的选择吧？

辑二　找到你的信仰了吗？

如果要用很简单的几个字来形容自己的人生，我想到“失败”这两个字。

十六岁那年，我从第一志愿的初中毕业后，考上了第六志愿的成功中学夜间部，在爸爸心目中，这是一次“无可挽回”的失败，他跪在我面前痛哭失声……

失败后，寻找快乐和信仰

人不是为成功而活

如果要用很简单的几个字来形容自己的人生，我想到“失败”这两个字。

会有这样的念头，是我还在华视上班的某个痛苦的黄昏，当时我接到女儿的电话，就赶快告诉她说，我想写一本书，书名就是“失败”，女儿立刻说:“酷！快动手。”女儿一直对于“成功”不感兴趣，她很小的时候就告诉过我，她最讨厌的字就是“赢”。我当时听了动魄惊心:“是不是因为这个字笔画太多了，很难写？”她很确定地说:“就像这个字一样，要赢，很难。人人都想赢过别人，那谁要输？所以，我讨厌赢！”我几乎要哭了起来，问道:“所以，你，宁愿输？”她点了点头。

这本叫作“失败”的书还没开始写，我就接到了一本杂志的编辑的电话，里面有个专题是关于“经验的传承”，一个是传承者，一个是接班人，让两个人对话。我毫不犹豫地说，我想谈“失败”，我知道，大家都爱谈“成功”，爱听“成功”的奇迹，就算谈了点失败，最后还是要回到“失败是成功之母”或是“在跌倒的地方站起来”这类陈腔滥调。其实当我们在谈所谓“成功”的人时，往往倒果为因，为那些成功者找出他们成功的理由、原因，甚至于方法，这往往只是强作解释而已。我希望孩子能早一点面对人世间的真相和真理。所以，我很想谈“失败”，谈如何看待失败，如何面对失败，如何承担失败，这些都和成功无关。这才是人间最世故的真相和真理。人不是为成功而活，而是为某种信仰而活，在有信仰的人心中，失败正是坚定信仰的大好机会。

和我对谈的是写过一本书《转山》就颇为轰动的年轻作家谢旺霖，最后编辑完成了一篇名为“失败，是成功的夜间部”的报导。这个标题下得实在太精准了，失败不是成功的对立面，失败只是成功的“夜间部”而已。就像每天都有白天和黑夜，随着冬天和夏天有不同的长短，但是，黑夜和白天对一个人的生命是同等价值的。黑夜往往是让人能得到休息和沉淀的时刻，睡眠的重要性更是随着科学的发现越来越被重视，包括白天的所有学习都依赖黑夜睡眠时，大脑的运作才得以有效。失败是成功的夜间部，天才的创意。

“失败”比“成功”还有意义

编辑会想到这个标题，是和我在访谈中提到我人生中第一次重大的“失败”有关。十六岁那年，我从第一志愿的初中毕业后，

考上了第六志愿的成功中学夜间部，在爸爸心目中，这是一次“无可挽回”的失败，他跪在我面前，如同面对世界末日般痛哭失声：“儿子，一切都完蛋了啊！”爸爸的悲伤和恐惧是真的，他一度希望我放弃升高中，去考专科学校，学得一技之长，将来可以谋生。后来我考上了台北工专土木科，不过最后爸爸还是让我去读成功高中夜间部，理由是我的姐妹们都很优秀，怕我没读大学会很自卑。

我的自卑感就是从十六岁这一刻开始根深蒂固的，我如同见不得人的钟楼怪人，只能在黑夜来临时，偷偷闪进校园里进行着我的学习，我自卑得不敢面对位于校舍穿堂的穿衣镜，高二时还被老师痛殴，扬言要开除我。多年后，当我收到成功高中颁给我“杰出校友”的银盘时，我直接将银盘当成植物盆栽的垫底，我恨透了那三年的学校生活，因为那是我无法磨灭的失败印记。

我忘了，就是因为读的是一所夜间部，我才会利用白天去美国新闻处大量阅读国外书籍，开始试着写作投稿，开始练习长跑成为优秀的长跑健将，更开始提早打工，甚至还和同学做起露营的生意，体验真实的人生，开始自我探索。如果我当时和班上其他同学一样考上前三志愿的日间部，一样天天埋首读课本准备考大学，或许，我会少了点各种尝试和磨炼意志力的机会。

失败是成功的夜间部。它会让我们看到、听到、想到嘈杂又忙碌的白天所看不到、听不到、想不到的东西，而那个东西往往又是生命中最核心的价值，它让我们敢怀疑自己、反抗自己、认清自己、发现自己，最后找到生命中最重要的信仰。就像骑着单车去西藏的谢旺霖说，当他在忍受饥寒交迫的恶劣环境，忍受随时会发生的危险，忍受病痛和孤独时，他原本是要接受失败的结果的。但是他就是要看自己是如何“屈服”“就范”于失败的。他说“失败”对他而言只是个“中性名词”，“中断了目标”“达不到原本的期望”，反而能让自己在“落空”中，真正认清楚自己的天赋和能耐，对于人生，这样的“失败”是比“成功”还有意义和价值的。

我的另一次“大失败”是申请到美国纽约州立大学的助教奖学金，却在一个深夜里下了决心放弃优渥的奖学金，放弃继续攻读博士学位的大好机会，毅然返回多事之秋的家乡，重新开始毫无头绪的创作生涯；为此爸爸气得中风倒地，比我考上夜间部的反应更为激烈。事隔多年后我才相信，那个失败成了我自己看清楚人生方向和找到人生信仰的转折点。“失败”会让人看清楚自己的恐惧、脆弱和盲点，也看到自己内心的热情和渴望，而这些都是在夜深人静遥远的异乡中发生。

真正的快乐和信仰

真正能面对“失败”这件事情，反而是我“成功”地打败众多的挑战者，“考上”公共化后华视的第一任总经理之后。

那次为了公共化而成立的华视董事会对外公开征求总经理人

选，我在接到董事长的电话邀约“参赛”后，利用过年期间一天一页地写了足足两个星期，最后进入决选参加面试。当时媒体用“放榜”来形容激烈竞争的结果，最后竟然是我被录取了。这次的“成功”使我误信自己是带领圆桌武士的亚瑟王，要去混乱的国度重新建立一个新天地。（去面试前我站在一栋标着“亚瑟”字样的大楼下。）我没有经过太缜密的思考，很快就翻天覆地地干了起来，朝着媒体公共化的方向走去。我将自己深深埋在办公室的椅子里，天天望着电脑里的收视率和财务报表。在完全没有政府编列预算的奥援下，让一个商业竞争能力已经走下坡的电视台走向公共化是一场“必败之役”。如果“转亏为盈”是检验经营者是否成功的唯一指标，我承认我失败。

“成功”往往让人产生错觉，延误了走向真正适合自己的道路。过度强调“成功”的重要，会让人生过得慌乱恐惧。从这次的“必败之役”，我并没有学会“如何成功”，“必败之役”就是“必败”，像历史上许许多多的战役一样。但是“必败之役”却让我学会如何尊重和自己想法不同的人，也学会谦卑和认错，更学会如何承受巨大痛苦和折磨。经过这样的苦难后，我不再渴望当英雄，也深信人不要为“世俗定义”的成功而活，而是要为自己真正信仰的事物和真理而活。离开了那个令人伤心的战场后，我学习当一个配角，一个倾听者，积极追随许多前行者参加社会关怀和社区营造的工作。

最近我收到一些朋友寄来的祝贺卡片，其中有一张是这样写的：

“每当圣诞节来临时，我第一个就想到你，因为你就像是个圣诞老人，总是那么慷慨地对待别人，带给别人喜悦和温暖。”还有一张这样写着：“你总是那么无私地和大家分享着有趣的事情，让别人感受到热情和温暖。谢谢你。”

做一个慷慨而温暖的人，做一个能带给别人快乐的人。失败之后，才能找到真正的快乐和信仰。

蒙古 HAYA

我有一本法文的二〇一一年的记事本，因为很小很好携带，于是我的二〇一一年就决定用这个封面上有巴黎铁塔的记事本。这个小册子没有本地习惯的节日，也没有农历的节气，连月份和星期都是法文，却适合我不用朝九晚五上班的生活节奏：时间往往是大块大块的，有时松有时紧，一路使用下来被我涂改得密密麻麻的，有时看不懂上面记的是什么事情。还好有其他线索可循，日子一天天过也没出过任何差错。

终于，我遇到了一个无解的情况。在密密麻麻的涂鸦中，我发现一个怎么看都看不懂的"鬼画符"："11 月 2 日晚上 7:30 Δ π y δ "，随着时间越来越逼近，我越来越焦虑。过去的经验是会有其他的线索，会有人主动来提醒这个约会。可是偏偏这个"鬼画符"像是刻在岩壁上的古老象形文字，是一种奇异的召唤，不断提醒着我，这个时间有一件我很少去做的事情要做。

就在前一天晚上忽然灵光一现，想起来了，是王城。果然是一个古老遥远的时代在召唤我。王城是我那个时代的民歌手，他曾经和另一个民歌手陈明在一九八〇年联合主演过一部旧时代的新鲜电影《明天只有我》，导演是李力安，编剧是吴念真，那是台湾新电影蓄势待发却尚未启动的焦虑年代，那部电影反映的正是当时年轻人对未来的期待。没想到当我再见到王城时，却是三十年后的事情，年轻时期待未来的焦虑早已化成灰烬，随风飘逝。

那是一场有台湾最高领导人出席的“国家文艺奖”的颁奖典礼，在一位得奖人拒绝上台领颁赠的礼物的小小尴尬之后，留着长发、蓄着胡子、穿着宽松的功夫衫的王城，斜挂着吉他，轻松摇摆地走上台来，他说:“当我来的时候，就表示，一切就要结束了……”他的话一扫前面有点紧张的阴霾，相对于前面过程的行礼如仪和不自在，反而有一种说不出的放浪和不羁。之后，他吟唱了蒙古的歌曲，也用极低沉沙哑的嗓音形容着他在大漠草原上所“听到”的颜色。我问我身边同时代的朋友们说:“他是王城吗？”大家都摇摇头，说不知道。

典礼过后，我问王城说:“这三十年，你都去了哪里？”他笑着说，四处流浪呀，看沙漠草原啊，都是一群人啊，就住在帐篷里啊……于是他约了我“这一晚”去听一个蒙古来的乐团的表演，有马头琴、呼麦、冬不拉……我掏出小册子在黑暗中匆匆记下了时间和“Δ π y δ ”。我重新将这个鬼画符像密码一般翻译出来，是“蒙古HAYA”。对我而言，这几个字像是来自远方的召唤，在寻常生活里我已经不再有这样的心情了，我的呼吸里没有沙漠和草原，我像是生活在阴湿盆地里扭曲的蝎子，从一个湿格子爬到另一个湿格子。

那天夜里，我依约来到华山的Legacy，有人引导我到一张有桌子的高脚椅上，我东张西望，四周全是熟悉这个场地的年轻人，搬着椅子拿着啤酒爆米花四处找空位。王城在节目的上半段将结束时，被 HAYA 乐团的马头琴演奏家全胜请上台客串表演，他唱了一首自己编写的新歌《蝴蝶来了》，他在台上学着蝴蝶飞舞身体轻盈，台下的观众如痴如狂地跟着又唱又拍手。一个不认识他的年轻歌手轻轻问我说："他，怎么能把自己活得……那么好，那么开心？"

"是啊……"我心里想，会不会是因为这三十年他四处为家，走到天涯海角看天看地，没有被海岛历史的悲情和一连串的争斗所感染？而我们却一直都活在这里，然后，在小小的笔记本上记满了密密麻麻的行程，在意着每一次得意忘形的成功，和每一次痛彻心扉的失败，然后，人就这样枯萎了。

天生反骨

一九八〇年，当台湾还是气氛肃杀的“戒严”时代，我去“中央电影公司”上班的第一天，公司门口有一个像小孩子的年轻人在散发着“反动传单”，传单内容是在抗议最近媒体上报导的一些关于爱国电影的种种丢人现眼的事情。

我认识这个人，她不是小孩，她是曾经和我一起合作拍片的王小棣，她刚从美国念完电影回台湾，说话很直、年轻气盛的家伙。一九八二年，当一场台湾电影的革命正要开始时，我找上了王小棣，我以为她会很珍惜这个可以轻易当上电影导演的机会，没想到她却用极坚定的语气说：“我已经决定先做电视了，电视的影响力实在太大了，要改造一个社会，扭转一个观念，只有电视。已经有一群年轻人要跟着我，我可不能丢下他们不管。”

王小棣没有赶上这场翻天覆地的新电影浪潮的盛会，她默默地带领着一些年轻人拍着她的“百工图”，以及其他和当时主流电视剧很不一样的电视连续剧，她给了很多有梦想的年轻影视工作者机会，而这些跟过王小棣的影视工作者，后来也都没离开过这个行业。在后来的许许多多的场合，尤其是一些评审会议中，总是会听到这样的窃窃私语：“这个人跟过小棣。”这句话的另一个意思就是“这个人接受过理想的洗礼"，通常也是一种"可信赖"的保证。

当王小棣开始想要拍电影的九十年代，台湾电影工业开始渐渐进入了低潮期，她和她的革命伙伴黄黎明成立了一家影视公司，继续拍公共电视的连续剧和电影，她们拍了一部代表台湾动画工业里程碑的《魔法阿妈》，再一次展现她惊人的创造力和意志力。王小棣一直保持着她极独特的看世界的角度和做事情的态度，就这样断断续续地拍着电影和电视连续剧，每次都用很独特的角度取材并拍摄，她始终没有离开过这个辛苦且累人的行业。

所以当我听说王小棣导演又有一部新片要推出时，我的第一个反应是："什么？这个人还在拍电影啊？"我真正的意思是："酷，小棣，你真行。还坚持到现在。"而这部电影有个我一直没搞懂的片名"酷马"。我参加大直美丽华的那场特映会，当时来了一些特别的人，除了周美青和苏丽媚外，还有一位在放映后几乎崩溃的妇人，她就是《酷马》这个改编自真实故事中的失去儿子的母亲。一个莫名其妙被人杀害的年轻人的鬼魂不断去纠缠着杀害他的凶手，这个被害人慈悲而心软，他只是恳求凶手去探望他那个伤心欲绝的母亲，原来这个少女凶手也有一个令人同情的成长背景，从某个角度看，她也是一个无辜的被害人，她也在寻求一个出口想要走出来，最后这个凶手替被害人跑完了马拉松。

在电影放映后，周美青抱着这个痛哭失声的妈妈，她曾经因为失去儿子后整个人进入愤怒、疯狂的状态，并且想尽办法要让同样也是少年的凶手得到应有的惩罚，可是她最终选择了宽恕和原谅。没有人可以完全体验和了解这位母亲的悲伤和绝望，于是有了这部电影。那一刻，我终于懂了，为什么王小棣坚持要拍《酷马》这部电影。我懂。她总是有一些和别人不太一样的使命感，她从来不知道什么是失败的滋味，她对失败并没有心怀恐惧，她的天生反骨让她敢特立独行、勇往直前。在一个渐渐彼此失去信任，凡事只要寻找冲突点，负面讯息满天飞的崭新时代，王小棣拍出了《酷马》，她对这个已经背离她向往和想象的世界再次发出了怒吼。

电影票房虽然没有预期的好,《酷马》也成了一部被低估的影片，但是我相信她对失败有足够的承受力，她还会继续创作，继续前行。

李安教会我的两件事

有一天，我接到在美国南方教书的弟弟打给我的一通长途电话，他很困扰地问我说："哥，你有没有李安导演的联络电话？"

"我没有，但是我可以替你打听一下。"我问他说，"你找李安干什么？你家不就有一个啊。"

"问题就出在这里。"弟弟有点无奈的说，"最近有很多电话打到我家，说要找导演李安，偏偏我们家的李安接到电话会说，我就是李安。然后，就开始牛头不对马嘴了。"我的侄儿也叫李安，当初取名字时没想到会有这点困扰。

上个世纪八十年代中期，当我还在"中央电影公司"当电影公务员时，我也曾经打电话到纽约找李安。那时候他已经从纽约大学电影制作研究院毕业，他的毕业作品《分界线》得了纽约大学学生影展的最佳影片和最佳导演奖。我打电话给他，邀请他回台湾拍电影。其实在更早时候，当台湾新电影浪潮刚兴起时，我们就考虑过他，可是他还没从纽约大学毕业。当时他拍了一部三十分钟的《荫凉湖畔》，得到第六届金穗奖十六厘米最佳剧情片奖，和他同时得奖的曾壮祥正好在中影公司的一个部门工作，我们就邀请曾壮祥加入了三段式电影《儿子的大玩偶》的导演工作。

这次打电话给李安之前我们又看了李安的《分界线》，一致认为他正是我们目前最需要的那种能兼顾商业和艺术的高手。我们已经做出原则性的决定，那就是无论如何都希望能让李安加盟中影这一波新导演的行列。为了配合李安，我们不惜把拍片现场拉到美国去。我们想了一个留美学生的故事“长发为君留”，并且计划让吴念真直接飞去纽约和李安谈剧本。通常接到这种电话的导演都像是从天外飞来的好运般雀跃。不必靠人脉、拉关系、走后门，甚至于贿赂，机会从天而降。可是远在太平洋彼岸的李安在电话那头，没有想象中的喜悦，他的语调缓慢而犹豫，慢条斯理地回答着：“拍电影这种事是急不了的，要考虑的事情可多着。慢慢来吧。”

“可是，有些机会也是稍纵即逝的。”我鼓励他先做再说。

大约又隔了一年，李安请他的同学王献篪送来了一个刚出炉的电影剧本《喜宴》，我赶快将这个剧本读完后提交公司的制片会议，当时我强烈建议拍摄，但有人反对“中央电影公司”拍同志电影，我感觉自己渐渐远离决策核心，知道是该离开中影了。然后，我就真的走了。走的时候还在想：“你看吧，李安，你的机会就是这样丢掉的。”就在我离开中影三年后，快无法承受一再的挫折打算要改行的李安，终于完成了他人生中的第一部电影《推手》，接着他又拍了《喜宴》。当《喜宴》在柏林影展得了大奖，李安在电视上接受记者访问时，我正在餐厅吃面。我听到他说要谢谢我和王献篪，我顿时百感交集，差点哭了出来，是有点委屈而心酸吧。

李安教会我的两件事情。第一，这个世界没有你，所有事情还是会完成。第二，机会虽然要好好把握，但匆忙上阵，机会也许变成陷阱。离开电影工作后，我也放慢生活和工作的步调，不再那么慌张而匆忙，满脑子只想要成功，凡事也不再以自己为中心，也不再恐惧自己失去了对别人的重要性。在那段漫长的沉潜低调的岁月中，我写了许多给儿童和青少年们阅读的小说和散文，用另一种方式和这个社会沟通，我忽然感觉自己的力量比电影时代强大多了。

起飞前的昂然

那天上午在制作公司提了一个将电视访谈节目《文化在野》集结出版成书的计划。这本书的内容聚焦在一九八九年《悲情城市》到二〇一一年台湾电影的复兴，可是我们还没访问到侯孝贤。

“你们不是老战友吗？”年轻人望着我，我低着头说：“是啊，但是不常联络……我先去问一下他秘书的电话。”不久，我拿到了他的私人电话号码。

那天下午，我赶去参加一个曾经跑过影剧新闻的老记者的告别式。老前辈是个外冷内热很有个性的记者，还去过钓鱼台插国旗的那种激烈的爱国者。印象中他每次跑来中影公司时总是叼根烟，有点戏谑地瞄着我们这些“小伙子”，说：“看看你们这些毛毛躁躁小伙子，没吃过战争的苦头，还想搞革命呀？”一九八九年初，老前辈在获知我和吴念真同时递出辞呈要离开中影时，独家写了一个影剧版头条，标题是“小野下野　念真无恋”，敏锐的他嗅到风雨欲来的大改变，整个大时代就要翻盘重新洗牌了；一九九〇年老前辈写了一本自嘲幽默的书《电影被我跑垮了》。几年之后的台湾电影，就真的渐渐走向了快要崩盘瓦解。而侯孝贤一直没有离开这个正在土崩瓦解的行业，忍受着台湾片观众的渐渐流失和一些影评的冷嘲热讽，他成了这个行业继续往前行的领头羊，在峭壁前摇着脖子上的铃，发出微弱的声音。

在老记者的告别式中，我静静地看着前方一些老朋友们的背影，好几个大导演、好几个影后级的大明星，仿佛凝望着一张张模糊不清又有遗漏残缺的老照片。在回程的地铁上，我决定直接发短信给侯孝贤，邀请他和我对谈一九八九年《悲情城市》之前和之后的岁月。晚上十点半，我收到侯孝贤回复的短信，他直接约“明天晚上见面”。那口气像是常常联络的老朋友约个吃饭那样轻松。那么快而简单的回复反而让我傻了眼，深夜连忙联络企划准备提纲和三机作业的摄影记者们，一切都准备就绪后，我发短信告诉他录影地点，他回答两个字：“知悉。”一切真的就那么简单。像是还停留在那个我们刚认识不久的时候。

我想起曾经很熟悉的侯式风格，他曾经说，如果发现大水淹上来有人落水了，不是讨论要怎么救人和为什么会落水，而是直接跳下去救人，千万别怕弄湿了衣服。反正，做就对了，他总是这句话。

第二天晚上，侯孝贤准时出现了，他探个头进来，还是三十岁时的打扮，背个登山包，一件黑色夹克，一条牛仔裤，一顶米色棒球帽，只是有点疲倦，他从清晨六点出发去拍片到此刻还没休息。“你还住永和吗？”他问我。永和？那是多久前的事了？二十六岁那年退伍后在医学院当助教，我还住永和，刚接触到电影圈时就遇到他了。他笑了起来：“因为我也住过永和啊。当年辛苦工作贷款买了一栋七十万的公寓，为了投资《小毕的故事》，把房子卖了九十万，从三楼搬到了四楼，用租的。哈。”所有后来关于台湾新电影浪潮的“丰功伟业”就是从他下决心卖了房子拍片开始的，因为《小毕的故事》票房暴起、盛况空前，大家都感觉到一个全新的时代已经降临了，就像《海角七号》之于二〇〇八年那样，平地一声雷就下起大雨来了。那样的青春，好过瘾，不过他也为此吃了很多苦头。这天夜里，原本只要录三十分钟的节目，我们足足聊了九十分钟欲罢不能，聊到后来，他干脆脱下黑色夹克，好像忘了我们是在录影。

录影后，走到大门口陪他抽了两根烟，他开始聊电影之外的公共事务，禁烟啦博爱座啦公共空间啦，这些年他出面管了很多“闲事”，他说没办法，社运人士都知道他“很好用”。送他上了出租车，想起我刚认识他时，他就是这个模样，背着登山包，穿着夹克，风吹着衣角，有种正要起飞的昂然。

离开时的身影

许许多多我认识或不认识的人，送来高架的或是成双成对的花篮，重重叠叠地将我位于神秘角落的办公室布置得像一场匆忙的喜宴（或是丧礼），坐在角落外面的一个我看不出年龄的女生阿惠指导我说："你可以将这些花篮上的牌子拿下来交给一位先生，他写得一手漂亮的毛笔字，他闲得很，可以替你一一回复答谢。我们这儿，这样的人很多。"

从阿惠浅笑的嘴角中我知道，其实我已深陷机关重重的古堡里面，古堡里面战绩彪炳的将军很多，能冲锋陷阵的士兵很少，这是全台首家电视公司，而我是新来报到已经不再年轻的节目部经理。已经在家当了十年 SOHO 族的我，在心情上倒是很像重披战袍回到古战场的老将军，我对新的环境感到格格不入，甚至于分不清是要来吊祭一个即将逝去的古战场旧时代，还是要挥起大刀迎战四面埋伏的新敌人?

参观过企划组、导播组、美术组、行政组后，我来到一个叫作"影片组"的阴暗角落。从带我参观的同事口中，好像这是一个"最不重要"的后勤单位。我看到了一张很奇怪的空桌椅，它们被放置在一个偏僻的角落，干干净净的，但是怪怪的，好像有个不能触碰的禁忌。“这是作家王祯和坐过的位子，对了，他和你一样是一个……作……家。所以，你应该是来到我们公司的第二个作家。哈哈……”带路的同事解释着，说到“作家”时，还有一种淡淡的轻蔑：“他后来得了鼻咽癌，拖了十多年，可是他一直都准时来上班，他说他的这份薪水要养家呀。牙刷毛巾什么的都放在办公室。有一天，他就倒在走廊，然后就……走了，医生说是心脏衰竭。所以他的位子就放在那儿没人敢坐。应该……又过了……十年了吧？”我愣在那张已经放在那儿十年的桌子前，心里想着：“前辈啊，我们终于相遇了。是你静静地坐在那儿吗？难怪没人敢靠近？”

回到了那间被吴念真形容是“像一个藏在黑巷内的密医诊所”的办公室里，我有一种前世今生的感触和醒悟，我当下就决定了我到台视的第一个电视企划案，我要推出一系列由王祯和的小说改编的迷你连续剧，我要找最好的制作团队和最好的导演来完成他的遗愿。我知道在八十年代当台湾电影界兴起一股改编乡土文学作品成电影的风潮时，王祯和的几篇小说都曾经被搬上大银幕，成绩都不尽理想。对电影戏剧深具学养的王祯和曾经打电话到报社给记者，表达他的失望和痛心。我想，这应该就是他短短五十年生命中最遗憾的事情吧？

我要重拍《嫁妆一牛车》，另外我也想拍他的《香格里拉》《两只老虎》等，这件事情终于让我看到了人生中所谓“意义”这件事。在王祯和走后十年，在他所任职的电视公司推出一系列改编自他作品的优质迷你电视连续剧，向他表达最高的敬意，这就是我来到这家电视公司的“意义”之一。后来由刘议鸿导演完成《嫁妆一牛车》，由瞿友宁导演完成《两只老虎》，陈坤厚导演完成《香格里拉》，播出后除了收视率比预期的高之外，还在国内外得了许多奖，连公共电视都还罕见地购买了播映权，在公视播出，后来也陆续卖出了一些海外版权。

一年八个月后，我为了表达对政治黑手伸进电视台的不满，在合约尚未到期时，愤而提出了辞呈，这是我最后的骨气！新闻见报后，我的外甥拿着一束花冲来办公室要献给我，当他看到空荡荡的办公室时非常失望，他天真地说："我以为消息见报后，会有很多人来献花鼓励你、安慰你。舅舅，我以你为荣。"

我对失望的外甥说："这个时候，是没有人会送花的。大家会等着下一个来接我工作的人，然后送花给他。不过我很骄傲，我做了很多自己觉得很有意义的事，现在，我可以松口气，大步跨出这家公司了。"

离开时的身影才是最重要的呀！

辑三　谁是你灵魂的主宰？

我遇到凤飞飞的时候，她已经成了母亲，和年轻时候的清纯可爱俏皮比起来，多了一种慈爱、温柔和坚毅。或许是因为对同时代人的了解，我总是会看到她比较隐藏、压抑、倔强的内心世界，就像此时此刻她所做的决定一样。

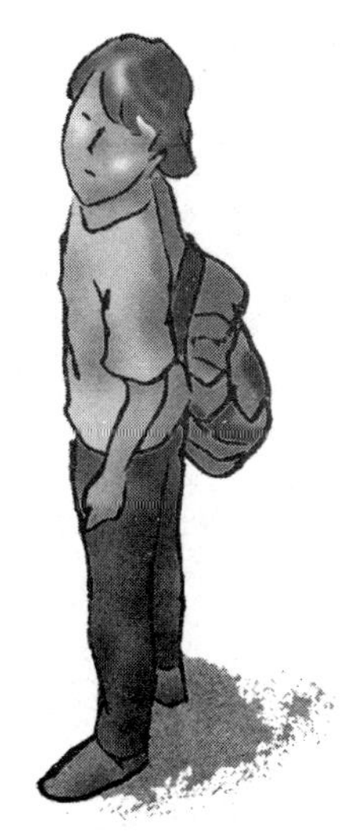

被触动的灵魂，不寂寞

走调的青春

大学同学阿礼从马来西亚回到台湾，他希望在台北办一场 KTV 的同学会。

我们这一班算是常常办同学会的，大部分都是退休的中学老师，彼此联系还算是很紧密。我有一段时间在电视台工作非常忙，同学会经常缺席，结果有一次露了脸，就被同学们推举为下一届同学会的“会长”，理由是：“你太少出席同学会了，算是一种惩罚。”我半开玩笑地说，那我要强化同学会组织，我要任命副会长、秘书长、财务长，从此我也就没有缺席的权利了。

我晚了半小时赶到 KTV，房间里聚集了六个老男生，但是只有阿礼一个人有气无力地唱着一首我没听过的歌，其他人翻着歌本弄着点歌机，似乎对这样的场合相当陌生，大家只顾着聊，借口一大堆：“我想要唱的歌上面都没有。”“歌本上面的歌我都不会唱。”我问阿礼为什么会想要来 KTV 开同学会，阿礼天真地笑了起来说：“其实啊，我只是想要那种气氛，老同学聚在一起唱歌，很快乐的。我想要录像拍照回去向别人夸耀说，你看这是我在台湾的老同学，我们玩得多开心啊。”我想，好吧，那就满足你吧。于是我就拿起麦克风随着同学们乱点的歌也乱唱起来，然后就有一两个同学加入了，但都是严重的五音不全，我搂着老同学唱着唱着变成了嘶吼。阿礼这下子可开心了，录像兼拍照，他要的就是这种场面。一种“曲终人未散”的余韵。

我从小很爱唱歌，曾经想当歌唱家。高中时候代表班上参加全校歌唱比赛，音乐老师很喜欢我，给了我全校最高的音乐成绩。上了大学后，我常常在郊游时一路唱着歌，后面会跟着一串的女生，我就像那个吹笛人带着一串女生走入丛林里。后来班上组织了一个合唱团，参加全校合唱比赛还拿了第二名，合唱曲就是《闻笛》。每当我们练唱时，指挥都会指着我说：“喂，你太大声了，又不是独唱。”此时此景，我又变回了青春时代的自己，拿着麦克风不放。同学们点的歌一首比一首老，最后采完了槟榔又采红菱，闻了夜来香再闻紫丁香，我们边唱边笑出了眼泪，彼此互问着：“我们真……的有……那么老吗？”不服气的话，至少要唱王力宏或是张惠妹的新歌。最后终于找到王力宏唱的《龙的传人》，还有张惠妹的《康定情歌》。于是大家又五音不全地大声嘶吼起来。

阿礼当年是来到异乡台湾求学的马来西亚侨生，他有着热带人的热情，最爱朋友也最怕寂寞，他常常教我们唱一些马来西亚的歌曲，大伙一起吃饭他都抢着去付钱。身材矮小的阿礼，却是我们篮球队最佳的控球后卫，他擅长双手运球、背后运球、胯下运球，切入禁区如入无人之境，远距离的三分球更是他的绝技。他的助攻能力也是一绝，常常妙传给打前锋的我，让我得分。大学四年，我们这支平均身高不到一七〇的篮球队南征北讨，所向无敌，还挺风光的。有一次在同学会上宣布一个班上女生病逝的消息，阿礼当场放声号啕大哭，把其他同学都吓坏了。

桌上的高粱酒和红酒都喝光了，每个“老师”都醉得不再像老师。只有我这个没有继续当老师的逃兵还是清醒的。于是，我替大家点了一首蔡琴的《最后一夜》,反复唱着那句总有一天会到来的“曲终人散回头一瞥”……

回家的路我会自己走

大学同学阿礼又回台湾了，这次他又要大家陪他去唱 KTV。我们换了地方，改去年轻人更多的西门町。

退休老师们聚会一向很准时，我到的时候，男老师们已经全员到齐，连桌上的食物都已经拿好，酒也已经备好了。阿礼说这种场合一定要喝酒，大家过去当老师当了一辈子都很拘谨，喝酒后才能敞开心胸扯着嗓子鬼吼鬼叫。和上次一样，不知道是谁点了一些正流行的歌，却没人会唱，这样也好，总比五音不全来得耳根清净。

这时候又来了一个已经当奶奶的女生小初，她手中拿着两份号外,上面几个大字“凤飞飞病逝”,小标题是“下辈子再唱给您们听”。照片用的是穿着一袭白色洋装、戴着白色帽子的凤飞飞，在演唱会上向大家招手，露出她的招牌笑容，非常灿烂愉悦。照片底下一排小字：“一代歌后凤飞飞惊传已于一月三日在香港病逝，舞台倩影永存人心追忆。”另外一行字是“遗言交代隐瞒去世消息,长眠大溪”。

其实下午就得知这个消息了，我开始接到一些电话和电子邮件，我都没有理会。我脑子里想的是：为什么要如此低调地安排自己的离去？为什么她最终还是选择了回到童年的家乡？

我和她合作过一张台湾歌谣的专辑《想要弹同调》，从两百多首台湾歌谣里挑选有历史代表性的歌。我也替她写过一首歌《回家的路我会自己走》，好像是预先为了“此时此刻”的她所写的。我的歌词是这样写的：“不再说自己已经历尽沧桑，往事不堪蓦然回首，不再说世事总是变化无常，到头来还是梦一场。天涯的路还没走完，你说你想陪我走一段，也许这样也好，可以彼此增加一点温暖。不再说自己曾经受过伤害，生活累得爬不起来，不再说自己如何如何的悲哀，连梦也飞不起来。回家的路我会自己走，谢谢你不虚伪的温柔，谢谢你给我安慰和那热情的手。啊！朋友！不需要为我而担忧，回家的路我会自己走。”

我遇到凤飞飞的时候，她已经成了母亲，和年轻时候的清纯可爱俏皮比起来，多了一种慈爱、温柔和坚毅。或许是因为对同时代人的了解，我总是会看到她比较隐藏、压抑、倔强的内心世界，就像此时此刻她所做的决定一样。所以当初她向我要求写一首歌的歌词给她唱时，我很快就完成了这首歌。这首歌虽然不是她唱的歌里面广被人所熟悉的，但却成了“此时此刻”我可以单独献给她的告别曲。

这时忽然有同学点了一首凤飞飞的成名曲《掌声响起》，我立刻站起来说：“我们就用这首歌来纪念凤飞飞好吗？”我拿起了麦克风自顾自地大声唱了起来：“孤独站在这舞台，听到掌声响起来，我的心中有无限感慨，多少青春不再，多少情怀已更改，我还拥有你的爱……”音乐带上凤飞飞的画面不停地浮出来，一个十五岁就从家乡出来的小女孩阿銮，不断用歌声攀登人生成功的高峰，也许她内心真正想要的，其实和一般平凡的女孩是一样的，玩具、旅行、爱美、爱人、被爱、亲情、爱情……我忍不住湿了眼眶。

那天夜里，我点了一堆很老很老的台湾歌谣，都是我童年时代，走在上学的巷巷弄弄时听到的，《黄昏的故乡》《妈妈请你也保重》《妈妈你也真勇健》《墓仔埔也敢去》……同学们会唱的很少，就我一个人唱啊唱的。那是我对外探索、感到好奇新鲜的童年。外面的世界怎么和自己的家里完全不一样呢。我想起当初和凤飞飞合作出台湾歌谣专辑时，我替那张专辑写的话："让我们用歌声来感觉彼此的存在，并用故事来寻找一个世纪的记忆。"

离开 KTV 的时候，我捡起被丢弃的“凤飞飞病逝”的号外，小心翼翼放进自己的背包里跨步走出大楼。门外阿礼正抽着烟，和大伙商量后天再去平等里继续唱歌的计划，我听到他红着脸粗着脖子大声说:“能多聚一次算一次，人生嘛……很难说的。对不对呀？”我看着站在门口大声喧哗的“老师们”，觉得内心深处有个地方被触动了一下，久久不能平息。

“保重啊，各位。”我挥挥手先行离去。

今年三月，我们新加坡见

夜里回到家开始整理行李时，忽然开始慌了起来。原本以为四天三夜的新加坡之行，只不过是在小行李箱塞几件衣物，第二天清晨就可以动身出发了。此行也不过就是去和一个多年不见的老朋友碰个面而已，所有的机票旅馆都是别人代为订好了，我唯一要做的事情就是将自己从台北送到新加坡，人到就好。可是，为什么我忽然紧张起来?

新加坡是夏天，我夏天的衣服全都收起来了。还有，我得想清楚要穿哪一套衣服去见老朋友比较妥当，因为那个老朋友可是很有品味的，而且我们见面方式是要在众目睽睽之下进行。儿子送我一台全新的照相机，原先计划在这趟行程中正式启用，结果发现新的电池尚未充电。结果就这样反复思量，弄了一整个晚上直到天亮，眼看就要出发去机场了，我坐在地板上，急得想放声大哭，我到底是怎么啦？我这才发现，我是多么在乎这一次能和老朋友在异地重逢，虽然他已经离开人世快四年了，还好能留下那几部让人百看不厌的电影让我慢慢回味。

新加坡国家博物馆为已故的杨德昌导演办了一个为期十二天的回顾影展，他们邀我去参加其中一场对话讲座“一起革命的日子”。

为了这一次的“重逢”，我答应主办单位赶写一篇关于杨德昌的文章。我告诉自己说，就当成一封写给老朋友的长信吧，挑一个晚上写到天亮。已经很久没有这样一口气写到天亮的经验了，过去只有在写电影剧本时才会这样拼命。于是我重温了通宵达旦的写作方式，写了一封四千二百八十三字的信“快手阿德”给我的老朋友，过去我们常常用这种古老的方式沟通，这次也不能例外。

我们曾经为了“台湾新电影回顾展”一起来过新加坡，那一年我三十七岁，杨德昌四十一岁，同行的还有那个时代所有的年轻战友们。我手边有一张当年我们在新加坡广播电台内接受访问的珍贵照片，我的领带已经扯开，双手抱在胸前；朱天文低头斯文地摸着一口没喝的茶杯；侯孝贤眯着眼微张着嘴望着正在滔滔不绝的瘦皮猴吴念真；穿着白西装白衬衫的杨德昌，静默地端坐在略略黑暗的角落里；二十三年前我们要回顾的，是那个像烟火同时在夜空绽放的璀璨青春。二十三年后，当我独自搭着飞机去新加坡参加这场只有杨德昌一个人的电影回顾展时，望着机舱外的白云，想到了年少时唱过的那首艺术歌曲：“更阑人静倚窗望，孤星寒月云里藏，景物依然心神往，斯人何在问穹苍。”年少时喜欢强说愁，白了少年头之后，再唱这首歌时何止是一语成谶，简直是字字都成谶了。那张照片中穿着白西装白衬衫的杨德昌，已然隐没在黑暗的角落中不知去向，而我们活着的人啊依旧滔滔不绝地说着话，好像只是为了证明自己还存在这世上。

四天三夜，我在睡眠不足昏昏沉沉的状态下，穿梭于新加坡的旅馆和博物馆之间，除了那场和鸿鸿一起的座谈会外，剩下的时间我都沉浸在戏院内，重看四小时版本的《牯岭街少年杀人事件》和《一一》，也看了在九十年代错过的《独立时代》。当年杨德昌在拍《一一》的时候，特别允许一位年轻人进到他的拍片现场拍摄关于他的纪录片。这个年轻人在正式成为一个纪录片导演后，才将这部非常珍贵的纪录片完成，距离拍摄时已经又过了十年。

这是我第一次听到杨德昌用英语侃侃而谈他对人生和创作的诸多想法，他比国语流利许多的英语让我想起他曾经说，他是一个用英语思考的人，所以用国语表达会结结巴巴的。这一刻我才完全了解，原来用英语思考其实代表的是杨德昌在思想、观念上已经彻底的西化，但是骨子里最深沉的文化，却还是来自故乡台湾的。这种矛盾和冲突造就了他在创作上，迥异于同时期的其他台湾导演。他承袭了当年五四时期的批判精神，对自己所处的时代和文化，毫不留情地提出了严厉批判，难怪他会觉得自己很寂寞。

虽然我们曾经是长期并肩革命过的战友，可是真正认识他，却是在这场新加坡博物馆办的回顾展，我发现他不只是愤世嫉俗而已，他比我想象的温柔、多情而幽默。

他的作品越看越深刻有趣，我在戏院里流下了很多眼泪，但是，已经来不及亲口告诉他了。

窗外幻想的风

我必须很诚实地说，我一直都不是琼瑶小说迷。甚至于连读者都不算。

我从很小就被不断地告诫凡事要务实，更不断被提醒，人不要有梦想，而幻想更是最糟糕的事情，所以大人习惯把梦想和幻想当成“否定”的字眼。每当我有一个发自内心的欲望升起化成语言后，得到的回答通常是：“你少梦想了。这只是你的幻想。”吃喝玩乐是坏事，爱情？算了吧，别没出息了，没有用的男人才会相信爱情。我从小被要求看的课外书的作者是海明威和托尔斯泰。

第一次触碰到琼瑶的小说是《烟雨蒙蒙》。到底是几岁在什么情况下触碰到这本书我已经忘了，因为对我而言那是件非常禁忌的事情。我有个感情丰富、对文学充满热情的二姐，那本书是她向同学借回家看的，我基于好奇心，从她的书架上摸出来躲起来偷看。至今我都还记得当我读到其中一段时，整个人竟然有了“激烈”的反应。记得书里面要考大学的女主角依萍以复仇为出发点挑逗着认真的男家教书桓，可是却有点假戏真做地爱上了对方。那天书桓送依萍回家途中，忽然将她拉入怀中狂吻，书中描写依萍的反应是“热流冲进头脑和身体，心不受控制地猛跳着，天地万物混沌一片。”

天哪，正值青春期的我竟然也有相同的反应。可是另一个声音从耳畔响起来:“少幻想了，爱情才没那么伟大哩。”

后来姐姐又借了一本《几度夕阳红》回家，我迫不及待地又偷看起来。这本书比上本书厚很多，而且里面多了很多诗句，像“风中柳絮水中萍，聚散两无情”等等。我边读边注意书中的男女主角会不会“单独散步”，因为那就可能会有接吻的机会。果然又被我等到了。《烟雨蒙蒙》里书桓是替依萍披上围巾，在《几度夕阳红》里黄昏散步时，慕天替梦竹披上的是夹大衣，那就表示快要接吻了。书中描写那种压抑很久之后爆发的吻比《烟雨蒙蒙》还缠绵。就只是一场接吻，书里面花了很多的篇幅形容那种恋爱的感觉:“风在吹拂，月在移动，水在低唱……”我的耳畔又响起了那个声音:“只是风花雪月啊，快回到现实来准备明天的考试吧。”如梦如幻的爱情啊，并不属于我所处的残酷冰冷的世界，有时候我们还得讥笑它一下，表示我们的寡欲和清高。

就读师范大学生物系时，有一次考完大考后心情很坏很坏，逛进附近的明星戏院想换个心情。当时正上演一部由导演李行和编剧张永祥改编琼瑶小说的电影《海鸥飞处》，由甄珍和邓光荣主演。在这之前我没看过太多台湾片，也从来不曾看过琼瑶小说改编的电影。那时候琼瑶电影已经像她的小说一样是票房保证了，琼瑶非常坚持她的原著精神，连编导都不敢轻易修改她写的对白。不过那时候的大学生并不流行看台湾片，何况我已经发表一些小说，勉强算是个新锐作家，去明星戏院看台湾片，头还得压得低低的。可是没想到，当我看到两个相爱的人竟然互相折磨，最后又不能相见，当主题曲响起时，我竟然哭得连戏院都走不出去。擦干眼泪走出戏院时还安慰自己说，大概是因为考试考坏了吧。我总是不愿意承认藏在自己内心深处那种很想被爱或是想爱人的欲望，被琼瑶的电影轻易就挑动了。

其实琼瑶的小说曾经扮演了在当时思想保守僵化的学校外的另外一个学校，这个学校就在教室的窗外。当一个胡思乱想的学生，厌烦了课堂里千篇一律的那套教条，忽然眼睛一亮，她看到了窗外不一样的风景，也许是充满幻想的风，吹掉了一个路过的小孩的帽子，也许是一只鸟飞到窗前叫了两声，甚至只是一片落叶发出了一声叹息。

窗外的那所学校，教孩子们要学会幻想和梦想，学会爱。其实，那并不是件坏事。

爱的教育

在二十世纪九十年代初，全台湾掀起了教育改革的浪潮，我毕业于台湾师范大学，在赞成改革的阵营中算是异类，当然，在全都是“中学老师”的大学同班同学中更是，甚至我们还有过误会，弄得立场很尴尬。

后来的发展是师资来源终于从原有的师范体系改成另一种师资甄选方式，但是随着台湾出生率的下降，学校招不到学生，流浪教师越来越多，这个“改革”不但没有得到赞美，反而骂声不断，经过多年的风风雨雨，大家都说教育改革越改越糟。回到当年主张改革的初衷，其实是重新探讨“人为什么要受教育”和“孩子为什么要上学”，而不只是教育松绑或是一纲多本之类的表象改变。

从师大毕业后，我被分发到新北市半山腰的五股国中，在整个大台北地区来说是一个相对弱势贫穷的学区，学生有一半是家长务农的子弟，有一半是来自家长官阶不高的眷村子弟，还有家长是住在海边违章建筑里的难民的子弟。我当时是全校第一个来自师范大学的老师，我满怀教育热忱地展开我的教育工作。虽然我被分配当导师外，还要教国一（七年级）的数学和国二（八年级）的化学，而且也要面对能力分班的问题，但是我企图做最大的资源整合和分配。针对导师班，我先建立图书室鼓励大量课外阅读，公民课我不训话，鼓励孩子分组辩论，我也组织篮球队和其他运动队伍，每逢周末周日，我带学生去爬学校的后山，让他们接近大自然，我教他们抓蝴蝶做标本，吹着山风讨论着数学。我的教学方式尽量轻松有趣，在上化学课前我会先教学生唱英文歌《离家五百里》，然后我就开始原子核和质子、中子、电子的关系，用家和家人的关系，讲解带正电或是负电的离子。

针对能力分班的化学课，我采用两套教材，难的和简单的，在要被“淘汰”的班级我教简单的，但是也把难的分发给同学，让那些想力争上游的同学有机会学习，我开放时间让他们来问我问题。我还回到师范大学借了很多教学影片，包括性教育影片，找机会放给学生看。看到我那么热情又拼命，坐在我隔壁的老师指着外面留着长发抽着烟的青少年说：“这就是这些孩子未来的模样，是没有希望的。你别浪费力气了！”

三十年后，当我又遇到了那一年我教过的孩子们，他们就和其他学校毕业的孩子差不多，有的当了医生、大学教授、工程师、台商、摄影记者、公务员。当我们聊起那段相处的学校时光，一个工程师说他也会带他的孩子上山捉蝴蝶，是因为受到我的影响。一个大学教授对我唱一首用圣诞歌改的化学元素表，他说我上课第一天就教他们唱的。一个台商说，他最难忘的就是我在教室放性教育影片时，大家都去把窗帘拉起来，以为是要集体看A片。还有一个纪录片导演说起我带他们在大雨里打篮球，被家长来学校抗议的事情。还有一个女生原来是被分在后段班的，她说她最感谢我没有放弃他们，把那一份教前段班的教材给了他们。我想起了这个学生，她常常在下课来办公室找我讨论问题。他们记得的，都是这些改变他们观念和有趣的事情。

这就是我心目中理想的教育。老师要先用自己的热忱感召学生，让他们看到什么是热情，什么才是生命中最重要的事。我在意学生们学习时的公平性、自主性和互动性，也强调跨领域的知识，文学、音乐、科学、体育，每种知识都不是单一存在的，我要让孩子对各种知识都感到新鲜又好奇。每个孩子出生后，原本都对这个世界充满了好奇，教育就是要延续并满足他们这份对外面世界继续探索的心，偏偏我们过去的教育，全都是朝着相反的方向进行，用无穷无尽的填鸭、补习、考试、体罚，快速消灭孩子们对外面世界和知识的好奇和探索，让学校像军队和监狱一样，限制、捆绑了孩子们原本可以飞翔的心灵。这就是当年教育改革的初衷。后来我用《第三代青春痘》和《第五代青春痘》这两本小说来表达我对教育的完整看法。

“哼，什么爱的教育？屁啦。”我常常听到大人这样愤怒的言论，心里不免会想：如果教育的本质不是爱，那又是什么呢？

海星和飞机

那是我们师大生物系的师生二十九人，最大规模的离岛生态调查和标本采集的第三天，每个人都被晒得脱了一层皮。

女助教指导生物系的学生们记录着当时澎湖西卫海滩的环境和状态:“七月十六日下午四时，马公镇西卫。沙岸。退潮。平静无浪。采集处水不及膝。海水酸碱度七点六。水面温度摄氏三十二度。水里有马尾藻、团扇藻、蕨藻、绿藻、绿色种子植物。有牡蛎和蚌。”“请注意牡蛎和蚌。那表示会有海星，因为它们是海星的食物。”女助教提醒着学生们继续观察。

我永远记得当时的情景。那是一种海水退潮后，黄昏渐渐来临的宁静和平和，天空和海水一样的蓝，蓝得透明蓝得纯净，空气中没有海边惯有的腥膻，反而有一种淡淡的清香。还有一年我们就要从这所大学毕业了，未来如果没有太大的变化，我们都将会是中学的生物老师，继续带领着中学生探索着生命的奥秘。

对于未来并没有太多的彷徨，就像此时此刻的感觉，内心是宁静平和的，就在这样的心情和气氛中，海星出现了。这群海星移动的速度很快，它们静悄悄地来到了我们的脚边，不是几只而已，是一大群，是一整个沙滩。就像密布在天空的繁星点点，闪烁着不同的光芒和亮度，它们有着不同的放射足，从三条、四条、五条、六条到七条，这个原本安静的沙滩忽然被海星照亮了，瞬间热闹了起来。

“哇——海星！”同学们大叫了起来，大家忙着用水桶去装海星。“以后上课每位同学都可以分到一只了。”女助教也跟着很欢乐地喊叫起来。不过她也提醒同学们说：“抓满两桶就够用了，其他的海星就让它们代代相传吧。”后来我们七嘴八舌地查着有限的资料，初步判定这种海星是属于砂海星科的虾夷砂海星，也有人说是无地海星。系里面的动物标本都太陈旧了，许多还是从大陆带过来的，这次的丰收让系里的本土标本大大增加。

我永远无法忘怀那年夏天，那个快要接近黄昏的时刻，二十二三岁的我们，卷起裤管站立在西卫沙滩发现成群结队的海星出现的时光是多么美好。

同样是七月十六日的那一天，距离发现海星整整隔了十四年，有一个大气球在西门町的真善美大楼升空，那是“解严”时刻，我和我的伙伴们办了一份电影刊物《长镜头》，宣示我们对台湾电影的理想和愿景。这十四年来，我早已不是一个在学校教授生物科学的老师了，我改行从事电影工作和文学创作，那一年，我三十六岁，除了电影和文学创作，我还在电视台主持一个报导台湾电影的节目，当时正为了尺度问题，面临被修剪或停播的命运，我已经有“不如归去”的情绪了。

升空的大气球在午后大雷雨过后就破了，落在西门町真善美大楼的顶楼，仿佛暗示我们的理想即将破灭。那一刻，我忽然想起了澎湖西卫海滩的海星，那是我的青春和我的梦想。于是我请了几天假，带着从来没搭过飞机的父母亲和家人重返澎湖，想再看看蓝得透明蓝得纯净的西卫沙滩，看看会不会再遇到海星，在我的生命里，那是海星的故乡。

在那几天的旅行中，我不断接到从台北打来和我商量要如何应付的电话，我处在莫名的焦虑不安中，最后终于发起烧来。期待着和我们一起搭飞机旅行的父母却是开心的，他们期待和儿孙们共同旅游已经很久了。儿子和女儿是开心的，因为他们快乐地在沙滩上捡贝壳追逐着浪潮，他们从来没见过那么白的沙滩，那么蓝的海水，还有那么多的贝壳。“要注意看看有没有海星出现。”我对着孩子说着自己当年发现成群结队的海星出现的奇观。爸爸听我对孩子说着生态和生物的知识，笑着说：“我真的很羡慕你能对着孩子说这些我都不懂的知识。”

虽然这一次我们没有和海星相遇，可却是爸爸和妈妈第一次搭飞机出游，也是爸爸最后一次搭飞机。从此妈妈疯狂地迷上了搭飞机。爸爸离开人世后的十年间，她每年都会要求我们带她搭飞机去某个地方旅行，她说一定要能搭飞机的那种旅行，她说她好喜欢飞上云霄的感觉。

妈妈看到了天上的飞机，就像当年我看到潮间带的海星一样，都是对另一个奇妙世界的向往和想象，一种灵魂深处的悸动。

六月夫妻

那年初夏我的梦特别多，不管是好梦、怪梦或噩梦。醒来的时候，总觉得现实的人生被这些比现实人生还真实的梦给拉得更长了。

那天清晨，我做了一个怪梦，梦中的世界是男人和女人都可以怀孕，而我竟然怀孕了。我的小腹微微隆起，医生建议我说，要多接近异性，对胎儿的成长会有帮助。婴儿出生后非常小，小得像玩具一般，我和一个老妇人躺在地板上聊天，聊得很起劲，竟然忘了有小婴儿这件事情，后来发现小婴儿竟然被一只巨大的老鼠咬死了。我从梦中吓醒，噩梦就像是经过了一场夜雨之后的晨光中那只停在窗外的巨大皇蛾，湿漉的翅膀上，还有一对大而空洞的假眼睛。

那天上午，我逛进了很久没去的富阳生态公园，发现入口步道上的那棵水桐木下有两个人拿着摄像机守候着，原来是在水桐木的顶端有一个很结实的杯状鸟巢，是一对黑枕蓝鹟夫妻的家，里面已经有几只嗷嗷待哺的雏鸟。已经枯死了的水桐木被工程单位用黄色的警戒布条围了起来，据说在近日内就要被砍掉了。

“总得等到这些小鸟能自己找食物以后再砍掉吧？”我自言自语地说着。高瘦的生态摄影者耸耸肩说：“他们没有那么细心吧？”

“这几天都是午后雷阵雨的，这个鸟巢怎么撑得住啊？”我又

问了很笨的问题。

“当然可以，它们本来就有这种能力。”矮胖的生态摄影者举起摄像机拍着刚飞回来的母鸟。

那天下午大约四点钟，午后雷阵雨又准时报到了，我忽然有一股莫名的冲动，穿起雨衣撑着伞走去离家不远的生态公园入口处，我渴望亲眼目睹这对黑枕蓝鹟夫妻是如何保护这个小小的鸟巢和脆弱的雏鸟的。我站在水桐木下仰望着在暴雨中所发生的一切。原来这对六月夫妻是分别去觅食的，所以不管是什么时候，每分每秒一定有一只会守护着鸟巢，用身体斜斜地压在鸟巢的上方，像个盖子般将鸟巢紧紧覆盖着，雨水就顺着它们身上的羽毛流下去。当找到食物的那一只回来后，两只鸟就会在接近鸟巢的空中，瞬间交换工作，动作之快，让人来不及看清楚。找到食物的鸟就继续护着鸟巢，一边喂着雏鸟吃虫。

我忍不住想起我那对大半辈子都活在贫穷匮乏中的父母亲，多少血泪交织而成的煎熬委屈的白天，多少贫困交相逼迫的不眠不休的夜晚，而我们，就这样个个羽翼丰满，振翅远走高飞了。我也想起了大学四年生物系的课程里，竟然没有这种近距离的本土鸟类的观察和研究，我们大部分的时间都关在实验室里做着实验，对自己的环境一无所知。我又想起了那个我怀孕后生出的小婴儿却被老鼠咬死的噩梦，那似乎是不祥的征兆。我仰着脸，分不清面颊上流淌的是热热的泪或是冰冰的雨。大学读了四年生物系，我不曾有过这样想要近距离观察鸟类生态的冲动和热情，此时此刻的我，却急切地想看到这一切的过程。

几天后，那株水桐木果然被砍掉了，只在碎石子地上留着树根的遗迹，我环顾四周，那对六月夫妻早已不见踪影，那些羽翼未丰的雏鸟呢？是被那个森林的恶魔吃掉了吧？就像噩梦中被巨大的老鼠吞噬的小婴孩一样。

这个世界怎么是这样的？我蹲下身子抚摸着地上残留的树根，久久久久起不来。

局外人

我从来不是所谓的文艺青年。虽然十一岁的时候，被老爸规定阅读很多的文学名著，但是为了要应付读完后必须要写的阅读心得，我养成了至今都很难改掉的坏习惯，那就是才开始读了几页，就迫不及待地翻看结尾。因为当时的我，只想应付阅读心得的写作，就可以结束阅读自己无法理解的文学名著的折磨。所以那些文学名著对我而言，好像醒来后忘得一干二净的残梦，我几乎想不起任何人物或是情节。

读高中时，我练跆拳道、跑长跑，读大学时加入国术社，我只想当一个很阳刚的科学家。所以当我二十二岁成为别人口中的“青年作家”时，我很心虚，那时候我还在师范大学读生物系，所以，后来在我的第一本书《蛹之生》的序上，我写着：“是青年，不是作家。”所以，其实我是在对文学还没有太多领悟或感动时，就匆忙粉墨登场，也莫名其妙地成为畅销作家。我没来由地心虚不已。对于自己写的书籍忽然大大畅销这件事，我甚至于觉得其实是狗屎运，我的自卑感有增无减。于是我努力想写出高水平的文学作品，结果在一次全台湾的文学奖中得了首奖，但，还是有点心虚，只因为也有评审不以为意。

我从来也不是热爱电影的影迷影痴。虽然我从小喜欢跟着妈妈去看各式各样的电影，但是妈妈看的电影往往不是我那种年龄适合看的，恐怖的《夜半歌声》，悲惨的《故都春梦》，打得昏天黑地的于素秋和萧芳芳的武侠片，排遣了妈妈在沉重家事以外的无聊岁月，也消磨了我逃避读写功课的空白时光。所以我躲在戏院椅子底下玩耍的时间，好像比乖乖坐在椅子上的时间还多。我很害怕看到《夜半歌声》里男主角赵雷被毁容的脸，也害怕听那首像鬼哭神号的主题曲："风凄凄雨淋淋花乱落叶飘零……我形儿是鬼似的狰狞……用什么来表示我的愤怒唯有那江涛的奔腾……唯有这夜半歌声……"

我童年记忆里的电影尽是这些鬼魅悲凄光怪陆离的影像，我又怕又爱，爱的只是可以暂时躲掉更无聊的现实人生。很多年以后，在很偶然的机会中，有一家私人电影公司的老板看中了我的一篇小说，觉得很适合改编成当时正流行的"三厅电影"，并且鼓励我自己动手编剧，于是我又和当时还很景气的电影圈有了接触，于是又在一次没有准备好的情况下出手，结果票房不坏，但是我心里明白在二秦二林的时代，谁来当编剧都差不多。我万万没想到后来我会进了全国最大的电影公司，当了八年的电影公务员，把人生最黄金的岁月都耗在电影上了。

这一路走来，我写了八十本书、二十个拍成电影的剧本，参与企划制作和营销的电影、电视剧更是数不清。可是我老是觉得自己和这些行业的人格格不入，我永远像是个冷眼旁观的局外人，也好像是个刚从大学毕业的学生，望着前方五光十色的花花世界，眼花缭乱，不相信自己早已身在其中。

这种局外人的感觉到我最近重新面对自己过去所写的小说和散文后，才有了新的领悟和发现。其实我一直活在某种奇特的矛盾中，我无法面对真实的自己，我总是设法要用各种方式，将自己拉离某种极度敏感或感怀悲伤的状态，唯一的方法就是将自己变成一个局外人，适度压抑掉过度的狂热，维持着最后的理性。否则，我早已被自己的沉溺和狂热彻底摧毁。

莫迪利亚尼和倒立先生

在传说中的世界末日的一星期后，我来到高雄市立美术馆看意大利的传奇画家莫迪利亚尼的画展。高雄正下着细雨，司机介绍着这一带说："这里是高雄西区最靠近左营的高级地段，阿扁他们就在那栋大楼买了两户。"我顺着他的手指望出去，只见阴阴的天空连一朵白色的云都没有。在传说中的世界末日的一星期后的南台湾，我顶着雨伞走进了空荡荡的美术馆，我想寻找莫迪利亚尼的踪迹。

或许是我造访的时间不是假日，或许是梅雨的天气，整个美术馆的参观人数不到十个人，分散开来会有一种寂寥荒凉的感觉。只活过了三十五年清苦、难堪、潦倒的艺术家生涯的莫迪利亚尼，画作原本就不多，素描和相关的照片资料文件倒是很齐全，还好有一些同时期的画家朋友的作品陪伴着他，还可以想象他的创作生活中难得的友情和爱情。我发现美术馆还有其他的展览，于是我上楼之后，在一个角落发现了倒立先生的摄影作品。

一个赤裸着上身倒立在台湾许许多多不同的角落的男子，我们只能看到他壮硕的背部和结实的四肢，却看不到他的表情，于是我们就会很自然地让自己的视野延伸到照片中的环境。环境往往也充满着各种表情的：孤寂的岛屿，沉默的海洋，无奈的垃圾，慌张的车阵，哭泣的落日，微笑的稻田。照片中的男子除了倒立还是倒立，我们无法了解他到底在想什么，只知道他看到的风景和我们看到的，正好是倒过来的，或者他看到的比我们看到的更宽更高，从照片中的风景向四周无限地延伸……

忽然觉得这样的感觉和莫迪利亚尼的作品竟然有神似之处。莫迪利亚尼喜欢画没有眼珠的女人，她们看世界的态度和有眼珠的人不一样，或许她们根本无视这个世界的存在，有一种冷冷的漠然和高高的傲慢。莫迪利亚尼也喜欢让裸体女人身体的某一部分在画作之外，让作品有一种在视觉上自由向四周延伸的想象。他的作品关不住裸体的女人，也挡不住观赏人的视野。这真是一种奇妙的巧合。就像倒立先生看到的世界和我们看到的是相反的，而我们看到的世界里又因为多了一个倒立先生插在整幅风景的某个角落，产生了另一种魔幻和荒谬，让这个世界更真实地存在。

三个月后，我竟然在台北遇到了摄影作品中的倒立先生，他在敦化南路上的一栋二十多层高的办公大楼的顶楼边缘倒立着，顶楼的风很强劲，他毫不犹豫地倒立着，看着不远处的一〇一大楼，他无畏强劲的风，兀自矗立着，那一刻你忽然觉得他仿佛比一〇一大楼还高。我们的想象和视野开始向四周延伸，大楼的每一间办公室里的上班族正打着电脑正在说人闲话正开着会正喝着咖啡正听着音乐，那一个个被囚禁在固定框架里的脑袋和思想，尤其是偏见和成见。倒立先生就只是倒立着，定定地看着他们，无畏高楼的强风。

倒立先生很年轻，只和我的女儿一样大，他计划要环游世界，去到世界不同的角落倒立然后拍照。有人说，他的梦想太大，行为太疯狂。可是他无畏这些属于大人们的经验法则，他勇敢地出发了，只因为，他正青春。

辑四　如何与大自然愉快相处？

“真是了不起。”我由衷地赞美着。我亲眼目睹小男孩的父母亲在工程结束后，带着小男孩在昏黄的灯光下，将所有沾满烂泥的工具一件件慢慢洗干净。我默默地看着这一家人，内心燃起无限的敬意。这，才是真正的教育。

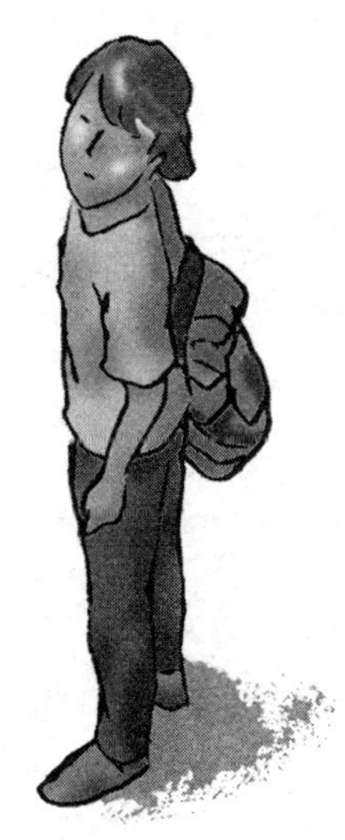

走近之后，我就是他

回到初始的状态

连日的大雨过后难得有亮灿灿的阳光，我把洗衣机里的衣服全都晒起来后，忽然想到，下一步最应该做的是去晒晒自己。我刻意留下了手机，虽然这是个错误的动作（爬山时最好是带着手机，以免发生意外时无法对外求援），但我忽然很想做一次很小的“冒险”。我希望这次能“靠自己”发现台北树蛙。

第一次是在夜里，在“天堂角落”进门处的厕所后面蹲着一个男人，原来他在一棵姑婆芋的叶子上面发现了一只醒的翠绿色小树蛙，那次我第一次用手机拍到台北树蛙。第二次是在登山前那条排水沟，隔着阴湿的水沟低矮处的叶面上，有三只还在睡觉的树蛙缩成一团，几个带照相机的人在指指点点的，我还差点看不出来。第三次是在湿地的树丛，有个小男孩正认真地观察着一只睡着的树蛙，又拍照又画图，我就跟在旁边观察着。

我一直无法“靠自己”发现树蛙。为此我很气馁，我想出了原因。我一定要将自己目前的身心状态调整到像一只树蛙，将自己融入这片森林中，身体轻盈得可以停在一片姑婆芋的叶片上。只有同类才会发现同类。当然，我失败了。我还是我，没有变成树蛙。我发现原本湿地上美丽的香水莲、布袋莲和散发着清香的野姜花都消失了，整个湿地只剩下黄浊的水和几个放在水中的铁笼子。原来从去年开始，有一种外来物种美国螯虾开始入侵这个人工的湿地，它们的繁殖力超强，可以将湿地的生物吃个精光，经过荒野协会组成的捕虾大队长期的捕捉，已经抓到上千只的美国螯虾。

湿地又回到初始的状态。

天堂角落里的角落

我顺着石阶往上爬。这条山路没有水泥，也没有太多人工斧凿的痕迹，由石块、木材、树干和暴露出土面的树根构成，沿途有梵高名画中的鸢尾花，还有更多的蕨类，像笔筒树、观音座莲、长叶肾蕨，森林的次高层有许多江某、构树、香楠、血桐等，森林最高层的巨树是相思、乌桕、雀榕。

我很快就爬到福州山的凉亭了，我一个人坐在凉亭里喝点水看点书，如果不是因为凉亭的钟，时间在此刻是消失的。我继续往西北的方向走下去，经过樱花步道和台湾栾树森林，还有一些枫香，这些植物排列整齐，是后来才种植的台湾原生种植物，水泥山路的尽头有个通往中埔山的路标，这就是即将由四个民间环保团体一起动工的“樱花手作步道”的起点，我决定亲自走一遍。连续几天的大雨使得这条山路泥泞不堪，沿着山路有几株香蕉树和樱花树，偶尔还可以看到几片白色瓷砖，那是过去的墓园留下来的遗迹。我往山中走去，久久不见一个人影，心里有点毛毛的，万一在山里迷了路怎么办？

然后，我发现了一个略略凹进去的角落，那里有附近居民自己搭建的三把长形的竹椅，我可以在这里休息一下。这里有很多棵香蕉树，我很舒服地坐在长长的竹椅上，暖暖的阳光正好落在对面的长竹椅上，应该让阳光晒点什么东西才好。于是我脱下了外衣和内衣，把已经湿透了的内衣晾在竹椅上分享阳光。当我喝点水正想看点书时，发现地面上有一只晶莹剔透的宽腹螳螂，是经过几次蜕皮后的幼虫，淡青色的身上还没有长出翅膀，它的尾巴却翘得很高，前后规律地抖动着，好像正进行着一种神秘的祭拜仪式。它似乎是刚刚才从某种生命状态离开，正要进到下一种新的状态。它从举步维艰慢慢加快了爬动的速度，朝向一棵山黄麻爬去。我经过漫长的入山沉淀后，终于把自己变成了一只螳螂，所以，我看见同类。我在这个天堂角落里的角落，度过了一个宁静的下午。

一个星期后，当我再度来到这条步道的起点，步道两端已经拉起了绳子，标示了五天后“樱花手作步道”的工作分组。我再度从落满樱花的步道出发，说也奇怪，走了很久很久，竟然没有找到上次发现宽腹螳螂的那个有竹椅的角落。此刻脑袋中立刻跳出《桃花源记》的经典名句：“忽逢桃花林……芳草鲜美，落英（樱）缤纷，渔人甚异之……”我不信邪又从山头走回原路，还是没有找到那个角落。

樱花步道前的敬山祷词

清晨天空飘着细雨，所有参加这次“手作步道”的志工们，在樱花步道的起点摆放了水果和随手捡拾的自然物，由我带领着大家朗诵着前几天写的《敬山祷词》：

敬爱的山神：

感谢你让那么多不同的动物和植物在你的怀抱中快乐成长，也感谢你让我们能亲身体验万物欣欣向荣的喜悦，分享它们的幸福。过去，我们常常为了自己的方便，轻易伤害了你，弄痛了你。以后，我们会用更温柔更体贴的方式对待你。

现在，我们向你保证，我们会用自己的双手保护你、安慰你。请接受我们用最虔诚的心建造的台北市的第一条手作步道，我们会很小心，很小心，希望不会弄痛了你。现在，请你接受我们献上的鲜花水果和食物，也请你保佑我们顺利完成这条手作步道，保佑我们大人身体健康，保佑孩子们快快乐乐地长大。

李嘉智老师将三十个志工们分成两组，一组是要开挖步道前方截水沟的“地狱组”，另一组是负责整理步道的“天堂组”，结果大部分志工都想参加比较吃力的“地狱组”，而我毫不考虑地参加“天堂组”。除了由公家单位提供的碎石子和截水沟里的原木外，其他的枕木、大石头、红砖、地砖、落叶、泥土都是就地取材，经过手工处理后再加以利用，通过对地形和当地动植物的观察，慢慢打造这条独一无二的步道。这个手脑并用的过程会让参加的志工们有成就感。

其实“天堂组”一点也不轻松。原来的步道是外部隆起内部低洼，我们的工作是把整条步道重新整理成内部高于外部，遇到了红砖巨石还得挖出来，这样的工作简直像是在军队受训时，为了要消耗掉年轻力壮的士兵体力所想出来的方法。想起小时候每逢假日，爸爸就会要我们戴起斗笠和他一起工作，他很喜欢我们做些劳动的工作，挖水池、砌墙壁、做竹篱笆，我们总是找着各种借口逃避劳动，然后爸爸就会发一顿脾气。我也想着妈妈晚年住在福州山的山脚下的宁静生活。八十岁的她，每天清晨五点钟天还没亮就起床，一个人顺着山路慢慢地爬到山顶的凉亭，跟着陈老师学外丹功。爸妈都是意志力和自制力超强的人，一个是从得了肺痨病的家族中离开的幸存者，一个是从战祸中冒险逃出来的小女孩，他们不断教育自己的孩子们“生存大不易”的人生道理。

我发现志工中有个长得眉清目秀的小男孩，他戴着白色工程帽，推着载运石头的独轮车，看起来很快乐。“你不用上学吗？”我问他。他说：“我妈替我请了假，她说这个工作比较有意义。”

“真是了不起。”我由衷地赞美着。我也曾经替两个孩子请过一些“奇怪”的假，带他们去花莲太鲁阁玩，或是去河堤外守候冬天飞来的候鸟，去太武山看流星雨。大自然可以教我们的事，真的比教室里面多太多了。

最后，我还亲眼目睹小男孩（他的自然名是“棘”）的父母亲在工程结束后，带着小男孩在昏黄的灯光下，将所有沾满烂泥的工具一件件慢慢洗干净。我默默地看着这一家人，内心燃起无限的敬意。这，才是真正的教育。

入空山带宝藏而归

寒流来袭的清晨，我独自一个人默默地爬山。

渐渐地，我听到了有人说话的声音。在高处是三四个人高声谈笑的声音，在低处是一个寂寞的男人拿着收音机听着一个男主持人正在访问一位学者，谈论着最近纷纷扰扰社会问题的沙哑声音。在这样空寂的山林间，我想起了小时候背诵的第一首王维的五言绝句唐诗《鹿柴》："空山不见人，但闻人语响。返景入森林，复照青苔上。"那是我人生中第一次接触古诗，在简洁的语言文字里蕴含着无限的想象，当我们回到平淡的生活中，偶尔遇到某个诗里相似的情境时，就会有一种和诗人相知的感动。

暖暖冬阳的中午，我带了一本书想到山上去读。

那本书是一位在瑞典担任汉语教师的瑞典女作家林西莉写的《林西莉古琴的故事》。我快步走到一处木栈道，这一带是为了让蝉的生态得以保存下来做的设计，最高的地方有一个可坐可立的瞭望台。我先让自己伸展身子后就看着这本厚厚的书，整本书只写一样东西，就是被列为世界文化遗产的中国古琴。于是我又想起小时候背诵的第二首唐诗，也是王维写的《竹里馆》："独坐幽篁里，弹琴复长啸。深林人不知，明月来相照。"另外也想起了另一首唐诗《弹

琴》："冷冷七弦上，静听松风寒。古调虽自爱，今人多不弹。"

一场绵绵细雨过后的黄昏，我又进入了这座山里面。

脑海里又浮出王维写的《山居秋暝》的前四句："空山新雨后，天气晚来秋。明月松间照，清泉石上流。"又是空山，王维好喜欢用"空山"，山怎么会空呢？除了人之外，山里面的动植物可多着呢。就拿这座以生态教学为主的山来说，有台北树蛙、长吻白腊蝉、人面蜘蛛、复育成功的萤火虫和许多种类的蝴蝶和鸟类，植物更是从姑婆芋到乌桕、香楠、山麻黄、九节木等。为什么诗人总是只看到空山呢？或许受到佛教思想的影响吧。诗不只是观察而已，通过自己的思想、心境、体悟后，就超越了许多存在的表象了。

就在冬天要结束前的那几天，整个岛上的气温忽然上升，好像直接略过了春天来到了夏天。我们把所有的电暖气收拾起来，直接换成电扇，仿佛宣告冬天的结束和夏天的到来，难道春天真的消失了？元宵节去阳明山赏早樱，许多樱花树还没开花，赏樱的人也不多。几天后，我们又去木栅的猫空看杏花，杏花也是没有完全开得像过去那般灿灿烂烂的，然后杜鹃花也悄悄地开了。这些花开花落，显得那么慌慌张张匆匆忙忙，只因为春天已经快要在岛上消失了。

秋天也是这样的下场，看看台湾栾树就好了。台湾栾树在春夏时都是绿意盎然的，到了夏末秋初，黄嫩嫩的花全开了，可是很快就转为红艳艳的果实，这些果实的颜色很快就转为暗褐色，整个冬天都是这样暗暗的褐色。记忆中的台湾栾树就是这样绿色和暗褐色的，各自代表了夏天和冬天，夹在其中的秋天匆匆不见了。

唐诗中许许多多伤春悲秋的诗句忽然都不适用于宝岛台湾了，

因为这两个季节在台湾快要消失了。

这一切都源自读小学时的某一个暑假，爸爸给了我一本《唐诗三百首》。爸爸规定我："每一天背一首唐诗。从五言绝句开始。"我忘了爸爸有没有解释每一首诗的意思，反正就是在一天之中要我找时间背给他听。我第一个认识的唐朝诗人就是王维。那些当时背诵过的诗已经过了快半个世纪了，我依然可以朗朗上口，像自己的血肉般成为一体。

女儿读小学的某一个暑假，我也鼓励她背唐诗，不过我采取了相反的建议，从白居易的《琵琶行》和《长恨歌》开始。我的理由是这两首叙事诗很长很长，有故事，有情节，有结构，有人生。强烈的节奏感让人读起来像是唱歌，对于人情世故的描写让人感受起来更像是戏剧，作为一种文学的启蒙，实在太棒了。女儿在很短的时间内就可以很完整、一字不漏地将这两首很长很长的诗背起来，那一刻我不免有些疑惑，到底是女儿的记忆力和理解力超强，还是因为白居易实在是跨越时空的天才?

记忆中的那个暑假，往往窗外是午后雷阵雨，我们父女俩就这样配合着雨声，手舞足蹈背诵着《琵琶行》："大弦嘈嘈如急雨，小弦切切如私语。嘈嘈切切错杂弹，大珠小珠落玉盘。间关莺语花底滑，幽咽泉流水下难。"

记忆中的那个暑假，我和女儿背完了《琵琶行》就换《长恨歌》，我总是要装扮成三千宠爱在一身的杨贵妃，扭着腰走着碎花步逗女儿笑，女儿虽然笑弯了腰，还是不停地背诵着，像是在唱歌："春寒赐浴华清池，温泉水滑洗凝脂。侍儿扶起娇无力，始是新承恩泽时。云鬓花颜金步摇，芙蓉帐暖度春宵。春宵苦短日高起，从此君王不早朝。”

趁着雨还没落下来，我带着一本关于赫尔曼·黑塞的书上山。上王维写的空山，没错，就是一座空山，可以让我把一切放空的山。但，我总是带着宝藏下山，因为我背过唐诗。

替我回罗山

我在黑暗中醒来，醒来前的梦很幸福。在梦中，我在办公室里穿梭着，正年轻的我还有很多的梦想等着我去实践，我和忙碌的同事们有说有笑。墙上没有钟，床头没有表，时间在黑暗中没有刻度，仿佛就凝结在梦里青春时光的这一刻。我只好打开手机看时间，黑暗中亮着几个阿拉伯数字 2009.07.22　05:35。我知道，这是罗山的清晨，我正睡在罗山的一个农家的房间里面。我不想错过罗山的日出，于是翻身起床，想继续维持梦里年轻的心情。

“太阳已经从麦当劳的中间升起来了。”农家的主人谢先生笑着对我说，“你看，我们罗山到处都是绿色的麦当劳。”农家主人笑得很天真，觉得这样的说法很有趣。罗山不只是没有麦当劳，罗山连一家小商店都没有，可是罗山有的宝物在其他地方却没有。罗山村的人喝的水是直接由罗山瀑布流下来的，瀑布流经过麦饭石矿，水质鲜美还带一点甘甜。罗山村种的米，在别的地方要一百三十九天会成熟，可是在这里因为日照短，所以要多十天才能收成，这多出来的十天，就让罗山种出来的富丽米味道特别香，口感极佳。这是我今年第二次来到罗山村。

上次是元宵过后，几家人相约开车到花东纵谷玩五天。一路从

太鲁阁、布洛湾、光复、瑞穗、玉里玩到玉山国家公园底下的南安，原来就要继续往台东去，这时有人提议说：“去罗山走走吧。听说那里是台湾第一个有机村，是世外桃源。有很多有机的产品，像火山豆腐、爱玉冻、爆米香，我还从报纸上抄了一个农家的地址和电话号码。”

于是三辆车往回走，黄昏前来到了罗山村的入口。远远望去在海岸山脉间有一条大瀑布，整个罗山村就分布在瀑布底下，那是秀姑峦溪的上游。从罗山村入口开始我就有一种很奇异的感觉，多么雄伟、开阔、干净、平静的一片土地啊。车子绕了很久的山路都没有见到一个人。道路一边是彼此相隔很远、黑瓦白墙蓝色窗框的农家，另一边却是紧紧相连着的绿色稻田，远方是连绵无尽的山脉，视野内全是变化无穷的天空，云在天空睡着午觉还没醒过来。

我们终于找到了地址上的农家，门口写着大大的名字，姓温，可是家里没有人，东西散落一地。朋友用手机拨着抄来的电话号码，农家桌上的手机跟着响起来，大家都笑了起来，主人不在，连手机也懒得带。远方的稻田里有个农夫正弯着腰工作，我对着远方的农夫大喊，他听到了，微微抬起头，我连忙向他招手。他点点头，从田里走出来，骑着摩托车回到了农家。

温先生笑得很阳光，深深的轮廓其实相当英俊，从都市来的女人们都看傻了眼。这就是我第一次来到罗山村的印象，有点像进入沙巴的神山，也有点像巴厘岛乌布的山林地带，不过，罗山更多了一份平静。

第二次来罗山，正好遇到了日偏食。早餐过后，太阳渐渐被阴影遮蔽了，天空渐渐阴了下来，日偏食很快地进行着，似乎在提醒着我们宇宙、太阳系、地球是如何有规律地运行的，人类在大自然的天体运行中是何等渺小卑微。

正是插秧的季节，许多水稻田已经插上了细细的秧苗，稻田里全是山的倒影、树的倒影，还有农夫的倒影，望着这样宁静的画面，我想起了一个关于罗山的故事。很多年前，有个在云林服兵役的男孩在酒店遇到了一个来自罗山的阿美族女孩，她说她是被卖到酒店来工作的，她恳求男孩替她写信回罗山给她的家人，在写信的过程中，两个年轻人都暗恋着彼此。后来这个女孩又被带到屏东去，临走前对男孩说："有机会，替我回罗山吧。"当男孩结婚生子后，一直记得女孩的话，终于去了一趟罗山。他照着当年的地址找到了女孩的家，邻居说当年来到这儿生活的阿美族人因为觉得生活很艰难就搬走了。

过去的罗山就是这样一处让人觉得生存很艰难的荒野之地，如今罗山成了许多人都要来探访的富饶之乡。家里已经有太阳能装置的林运枝先生和他的儿子坐在一个可以眺望山下风景的木制凉亭底下，和我分享他对神奇大自然的体验。林先生说："人家说改成有机耕作，不再使用农药后老鼠会变多，会破坏农作物。结果呢，竟然是变少了。我们也想不通。有一天发现有很多蛇出没，像锦蛇、蝻蛇、眼镜蛇，它们也变多了，是它们把老鼠吃光了。"林先生的儿子在一旁补充着："我们种有机黄豆很辛苦，刚种下去会有环颈雉来吃种子，刚发芽，兔子最爱吃。能躲过它们的黄豆才轮到我们吃。

从前我们家还种橘子、花生、玉米、柚子、竹笋，也都是要先请台湾猕猴、山猪、山羌、飞鼠们吃，吃剩下的才轮到我们吃。”

这时候有一种很有节奏的声音，一种奇怪的旋律从林先生屋子前面的那片空地传来。我们好奇地走向声音的来源，空地上只有刚摘下来的黄豆荚。不久，声音又响了起来，清脆悦耳，有几颗大大的黄豆从豆荚里蹦出来。是阳光晒热了豆荚，让黄豆跳出来唱歌。

时间在罗山会忽然凝结，被泥火山吸走，被瀑布冲到螺仔溪里，难怪罗山的人都不会老。离开罗山，我的时间才又继续往下走。

花莲好近

春天开始的第三天，是我开学第一天，我背着书包搭捷运到台北火车站。我提早一小时出门，因为已经好久没有上学的经验了，何况我被录取的学校是远在花莲寿丰乡的东华大学，我的身份是驻校作家。

因为是上班上学时间，台北捷运上的人们肩靠肩，香水和汗臭齐发，让睡眠不足的学子和上班族精神为之一振。有个穿着灰色连身衣裙露出粉红色肩带，马尾巴扎着一个粉红色蝴蝶结的女大学生正在阅读一份影印的英文论文，题目依稀是这样的："Sad is heavy and happy is light : population stereotypes of tangible object attributes……"这时只见站在她后面穿着米色风衣的上班族女生迅速从风衣口袋掏出手机，开始写下她的创意："Sad is heavy and happy is light……LOVE IS LO……"这时我探头探脑想看这个 OL 的创意如何，结果她写了又清除又写，加上车厢摇晃着，台北火车站到了，我被人潮挤了出去，脑子里是那个未完成的"LOVE IS LO……"我基于创作的本能，很快地替她完成了以下的句子："LOVE IS LOUD and HATE IS SILENT."

很久没有一个人搭火车去上学了。应该说我从来没有搭火车上学的经验，更不要说是去花莲。我是旧时代的宅男，从幼儿园读到大学都在方圆两公里内完成，我对公交车极陌生，因为走路和骑单车就足够了。师大毕业被分发到台北县五股国中时还是妈妈带我去搭客运，陪我去学校报到的，好像我是去美国留学的小留学生。和台湾的许多孩子一样，我是一个被过度保护可是又被过度期待的小孩，我习惯用脑袋过日子，不太会使用感觉生活。

可是这一刻，当我一个人搭上了往花莲的太鲁阁号，我全身的细胞开始苏醒了，我变得对周遭的事物非常敏锐。车子到了松山站，有个很年轻的女孩坐到了旁边，她带了许多大盒小盒的甜甜圈，像是要去慰劳一个住在没有甜甜圈的地方的朋友。我注意到她的彩绘指甲，通常我用有没有彩绘指甲来分辨世代和族群，如果对方是有彩绘指甲的女生表示我是很安全的，我坐在她旁边可以擤鼻涕挖鼻孔，甚至，放个屁。我不需要保持优雅文艺气质，因为我知道她不会认出我来。彩绘甜甜圈女孩拿起手机讲电话，粗而冷的腔调和外形完全不搭调。这就是酷吧。我得学着点。

经过了好几个长长暗暗的隧道后，强烈的光线告诉我说，那就是海了，花莲就在不远的地方了。花莲好近啊！怎么以前都觉得远在天边呢？于是我在笔记本上写下：“TAIPEI IS FAR and HUALIAN IS NEAR.”我又恢复用脑袋了。

大雨中的樱花手作步道

雨已经下了好几天了，正在进行中的福州山“樱花手作步道”后续工程只好暂停，但我还是按照原本的计划上山去。我想趁着下雨天上山去试走那条由志工们亲手打造的手作步道，就可以观察截水沟和步道旁的水沟排水的功能，可以作为继续往下做的参考。

登山的木栈道和水泥道路此刻都长满了青苔，又湿又滑，我非常小心地往上爬。整座空山不见人影，连鸟叫声都听不到了，沿途只见落叶和落下的山樱花。翻过了第一号亭，走到水泥道的终点，便是我们亲手做的“樱花手作步道”的起点了。我反复踩在由碎石子、泥土和落叶夯成的软硬适中的步道上，向往着有一天，从这个起点开始，“樱花手作步道”可以往上、向下延伸到中埔山，成为这座盆地南方郊山里一条由市民们“共同创作”的最具生态保护概念的“手作步道”。

这条手作步道和一般的水泥道路不同的地方有很多，最大的不同在于排水的观念完全相反。水泥铺面是外侧高，使雨水迅速流到沿着山缘内侧的水泥沟内，再通过地底下的水泥管道排出去，这样可避免大量雨水冲刷山坡地造成泥土流失。手作步道则是内侧高外侧低，先借由大容量的截水沟将大量的雨水收集起来排放出去，让剩下的雨水一部分通过泥沟流向需要较多水分的湿地，剩下的雨水通过手作步道的表面，一些被步道吸收后进入地下水层，一些则流向山坡，这时候雨水的冲刷力道因为雨水的重量和加速度都减少后，也大大地降低，不容易造成山坡地的泥土流失，反而让手作步道四周充满了动植物生存的好环境。湿地可以复育台北树蛙和萤火虫，步道本身及附近植物也得到适当的雨水灌溉。

这让我想起开放式和启发式的教育之不同于僵化的填鸭的制式教育。填鸭式的制式教育就像是在山里面开了一条看似方便耐用的水泥道路，不但扼杀了所有可能的生物生存的机会，下雨后反而因为湿滑让人寸步难行。手作步道是尊重山脉原来的模样，顺着原来就有的动植物、山势和水流的方向，很仔细地打造一条没有破坏力反而有建设性的道路，这不就像是开放式和启发式的教育吗？同样是一条通往知识和学习的道路，细致温柔和粗暴简陋是不同的。

当我正走在这条手作步道时，忽然接到了儿子打来的电话，他听说我正走在雨中的山路时非常惊讶："很危险呢，你在干什么？赶快下山吧。"我走到二号凉亭和他继续说话。我想起当儿子满三岁时，我们送他去一间标榜着以游戏玩耍为目的的幼儿园，屋子里有许多不同的游戏角落，没有提早的英文和中文学习，大部分时间都是在玩乐中学习不同的知识，嘉兴公园是他认识动植物的地方。儿子上小学以后的功课一开始跟不上其他同学，放学后老是被老师留下来写功课，我骗他说这是"留学生"，那是因为老师特别喜欢他。虽然输在起跑线上，而且挫折不断，但是后来他的学习却渐入佳境，直到大学毕业申请出国念书时也意外地顺利。

我仿佛看到儿子一路上的学习，就像是走在一条“手作步道”上，潜能和创造力渐渐被开发。我常常从儿子身上看到自己早已失去的想象力和创造力，在雨中，我和他讨论着返回台湾后的工作和生活，听着雨声，我觉得好幸福。

荒废的果园

这是一本看起来薄薄的很不起眼的书，封面上的老人笑起来没有牙齿，看起来就更不起眼了。

就像一棵长在墙角边不起眼的树。或是一片挂在这棵树上被虫咬过的不起眼的叶子。或是这片叶子上的一只不起眼的毛毛虫。我们不容易去注意这些不起眼的东西，我们的眼光总是会被四周那些外表比较巨大的、色彩绚烂华丽的、声音夸张的东西吸引。

然后，我们总是很习惯地思考，这些东西对我们有没有用？哪些东西是有益于我们的？哪些东西是有害于我们的？然后，随着时代的日新月异，我们又得加快了脚步去追赶那些新生的事物和工具。于是，砍掉一株不起眼的树或是死了一只叶片上的毛毛虫就更微不足道了。

聪明的人类以自己为中心的思考模式，不断扩张自己在地球上的生存空间，同时不断地改造环绕在他们四周的动物和植物，决定它们的命运，要它们大量繁殖还是要让它们绝种，都是以人类的需求来考虑，他们坚信自己的智慧超越大自然。

这本不起眼的书是一个不起眼的日本傻瓜农夫木村，描述他如何放任自己的苹果树们用最自然的方式长大的过程。他不用农药杀

“害”虫，也不用一般最有效的肥料施肥，他让苹果园里长出其他的植物，包括大豆和杂草，他观察着大自然如何调教着这些接近枯死边缘的苹果树，观察着不同的昆虫们如何在这个荒废没有收成的果园快乐地生活着，渐渐地，他研究出这些昆虫和其他植物与苹果树之间的关系，他修正了一些种植苹果树的方法，十一年后，他终于种出了和施过肥料洒过农药后不一样的苹果。

他种的苹果树在台风来袭时果实不会轻易掉落，因为细枝柔软有弹性，他种的苹果特别香甜，切口不会氧化。在忍受贫穷和被嘲笑欺负的漫长日子里，木村也学会了用不一样的方式对待稻子和蔬果，现在他开始到处演讲，推广他的观念。他正在努力改变全世界农夫的种植观念。

我想起自己在花莲罗山遇到一对农夫父子的话。父亲林运枝对我说:“人家说不再使用农药后老鼠会变多，就会破坏我们的农作物。结果老鼠反而变少了。我们百思不解。有一天发现原来是蛇变多了，是它们把老鼠吃光了。这就是大自然的智慧。”儿子说:“我们种黄豆很辛苦，不施肥不用农药，刚种下去时环颈雉会来吃种子，发芽时是兔子的最爱。它们留下来的黄豆才轮到我们吃。我们家的橘子、花生、玉米、柚子、竹笋都是要先请台湾猕猴、山猪、山羌、飞鼠们吃够了才轮到我们。这个世界原来就是这个样子的。是人类太自私了，让大家都活不下去，最后也害惨了自己。”

这是一本不起眼的书，却是一本正在改变人类观念的书。对我而言，这也是一本大学生物科学系最好的启蒙教科书。

8A

我摸黑起床，外面飘着冷冷的春雨。我在冷雨中钻进了一辆约好的出租车里，司机踩了油门让车子在漆黑的冷雨中平稳前进，目标是桃园国际机场第二航站。我想起一部电影中的一句对白："每天早上醒来都是全新的一天，有着各种可能，和昨天就是不会一样。"就像此时此刻，我将搭着飞机去到另一个国家，和昨天怎么会相同呢。

我的机舱座位是靠窗的 8A，如果可以选择，我会选择靠窗，我喜欢清楚地看着飞机起降，好像看着自己人生曾经有过的起起落落。不久，有个穿着红底白花短袖衬衫、水洗浅蓝色牛仔裤，提着和他拖鞋一般颜色的驼黄公文包的中年外国男子坐上了 8B 的位子，气色红润的方脸上蓄着干净有型黑白相间的络腮胡，宽广微凸的腹部让他看起来像个懂得美食的人。8B 先生迅速将他的驼黄色拖鞋脱掉，然后从一个圆形的黑色皮夹子里取出了一副很炫的银色耳机，开始看机上的影片，从他熟练地调整自己座位和脚垫看，显然是个常常搭飞机的人。他向空中小姐要了一块浅绿色的毯子，将毯子塞在身体后面。于是，我也学着他将皮鞋脱掉，也要了一块浅绿色的毯子塞在身体后面，虽然商务舱座位够宽，但我还是小心翼翼地做着每个动作。从小多动的我是非常可能将一杯果汁打翻，或是将一整盘菜倒在别人身上的，这可是一次教养和礼仪的比赛，一个来自东方的 8A 和来自西方的 8B 旅客之间的比赛，看谁先跨越界线触犯了对方。

我一路上翻阅着两份报纸做着笔记，并且比较着不同报纸处理同样新闻的角度，或是猜着新闻背后的商业或政治动机，这和我过去的职业有关，一路上我非常忙碌，而 8B 非常地轻松。我猜想，他应该是个来台湾谈生意的商人。我们之间的教养比赛继续着……

开始点餐了，我点了一碗简单的鸡肉面，我对自己的选择感到满意，我顺便点了咖啡和柳橙汁。一如我所料，8B 先生点了西餐，他可能不会用筷子。过去出国旅行时，我曾经对自己会用筷子这件事很得意，因为那反映了自己的出身背景，我可以感受到 8B 先生那种略略优越的眼神，但，那又怎样呢？就像他阅读的是一本英文杂志，而我阅读的是一份上面有我专栏的中文报纸。我们从一出生就被决定了不同的人种肤色和长相，还有一部分未来人生的可能。我和他只有这四小时的相遇，我们可以一句话都不说，然后极可能一辈子都不会再相逢。活在这世界上，我们和绝大多数人的关系都是这样的。

隔壁的 8B 先生看完了一部机上电影后要睡觉了，他熟练地将座椅完全放平，身体也瞬间摆平。我整个人亢奋地继续读着报纸的头条新闻，是关于新的全球富豪排行的报导，我特别去注意报导中台湾两个富豪的“嗜好”项目。女富豪填的是“文学、音乐、网球”，男富豪填的是“摄影、看杂志”。没有真正嗜好的人，生活是如何的面貌呢，也许就是活着而已，会不会带着些许的不安和绝望呢？我偷看一眼隔壁8B先生，他已沉沉进入梦乡。报纸上的每日一句正好是歌德说的："一个人的礼仪举止如同明镜反映自己的模样。"我继续态度优雅（带些焦虑）地读着报纸。目前为止，我们都没有犯规，各自保持良好的风度。

坐在我隔壁的8B先生醒来了，他点了一杯香槟，取出一本英文杂志阅读，那是他随身带着的杂志，我没看清楚封面，或许看到封面就更可以确定他是不是一个来回亚洲做生意的商人了。我偷偷地望着他的香槟酒，盘算着自己是否也来一杯，然后和他举个杯。我很快打消了念头，其实我昨天晚上只睡了两小时，一杯香槟下肚可能一整天都无法工作了，我知道下了飞机后主办单位安排了几个访问，我得保持非常清醒。8B先生继续点了第二杯香槟，难怪他的脸永远是红通通的。

8B先生又戴上耳机开始看另一部机上电影了，他叫了第三杯香槟。然后我已经无法判断他到底是在看杂志，还是看电影，还是闭上眼睛休息，因为他的土黄色眼睫毛很长。我继续看着报纸上的国际新闻。达赖宣布退休后要由藏人直选首长。法国率先承认利比亚反抗军政权，看来，一场国际介入的战争无法避免了。8B先生终于将他微醉的脸转向了我，他用手指示意我将窗帘打开，然后他将眼前的小屏幕转成飞航图，飞机快要降落了，屏幕显示着小飞机先往南再绕回北来。8B先生开始收拾他的耳机和杂志。答案揭晓，他看的是《经济学人》杂志（*The Economist*），他应该是个来开学术会议的学者。

三天后，我匆匆上了回程的飞机，巧合的是，我还是8A的靠窗座位，于是我等着新的8B上来。飞机起飞了，8B没有人，我大大地松了一口气。我还是没有点中餐和西餐，我点了一碗新加坡的肉骨茶，另外，我还点了一杯红茶，我特别强调要的是“印度大吉岭的红茶”。我不再看报纸了，我从右后方黑色的套子中取出了耳机，我开始选音乐，从国语流行歌到西洋摇滚、爵士、古典，最后我停在台湾的原住民音乐，正播放卑南族的古调，那种和大地呼吸相近的吟唱让我很快就沉沉入睡了。我想我是非常地疲倦了。

一觉醒来后就听到飞机准备要下降的广播了，连香槟都还来不及点就到达桃园国际机场了。我想起那位和我搭飞机去新加坡的8B先生，也许我对他的态度有点误会。也许，他不看我一眼，不主动和我说话是一种礼貌和尊重，让彼此感到很轻松自由，就像我回程时旁边没有人那样自在。

或许，真正傲慢而有偏见的人是我自己吧。

荒野中的千里步道

那天一大早，我发现住家巷子对面多了一群工人正在砍一块空地上的台湾赤杨树，土地的拥有者想将这棵三层楼高的巨树砍掉后，弄个小小的停车场。地主并不知道这棵台湾赤杨的功能和价值，说砍就砍。天天都有人从这个地球上消失，少了一棵树更是没人在意。

这样点点滴滴的水泥攻占城市的事情天天发生着，从平地到山坡，还深入到了森林。原本是那么自然的小山路转瞬间变成了柏油马路，沿路又装上了太密太亮的水银灯，所有附近栖息的动物只好自动迁移。当大自然从我们身边渐渐消失的同时，我们的内心和感官也渐渐被来自四周环境的嘈杂声音改造，我们在各种垃圾堆中生活，渐渐习惯了垃圾的臭味。二〇〇六年春天，黄武雄教授决定站出来，他约了最早提出"荒野观念"的生态环境保护者徐仁修先生和我，共同提出了一个像"傻子理想"般的宣言，想号召那些不想继续活在垃圾堆里的台湾人，共同寻找开辟一条环岛的"千里步道"。

千里步道可以是山里面原来就有的原住民的狩猎古道，或是先民走出来的茶叶古道、鱼路古道，或是田间的羊肠小路、糖厂废置的运糖铁道，也可以是沿着海边的古道，沿着步道可以串连出许多文化历史的遗迹，也可以将古道四周扩大成美丽风景生活保留区。未来台湾对有限的土地，要从拼命开垦开发，转换成细心温柔的照顾和保留。这是一种新的大地伦理。黄武雄教授说："千里步道可以长久融入台湾人民的真实生活中，变成台湾新文化的支撑点。"徐仁修说过一个故事："我在十岁时在山岭半途中休息，遇见一对环颈雉在芒草间散着步，阳光照着它们色彩丰富闪着光泽的羽毛，我一辈子都记得那种感觉。我们多久没有这样的感觉了？"

我想到的是那些在城市中轻易被砍掉的老树的悲歌，就像那棵已经有三层楼高的台湾赤杨，好几个工人花了好几天才能将那棵树完全砍掉。台湾赤杨是一种最容易在被开垦过的荒野中快速生长的台湾特有种，它也会借着根瘤菌将土壤内的氮素固定，使得其他树种也能得到肥沃的养分生存下来。当台湾赤杨渐渐减少了，别的植物也就更难存活了。我很喜欢台湾赤杨，它先让自己坚韧地生存下来，肥沃了大地，让别的树能得到支持。于是我承诺加入这个改变台湾大地伦理观念的运动。

法国作家凡颂•居维里耶写的一本小说《相爱从零开始：父子健行三百里》，他用一条法国知名的百年步道作为小说的场景。小说内容写的是一对因为夫妻离异后，关系变得相当疏离的父子，如何从头开始建立互信并相爱的故事。于是爸爸想利用一个月的长假带着班杰明去走一条有三百公里长、穿越大半个法国的百年前的大健行步道。当他们从零公里开步走的那一刻起，班杰明就开始抱怨，一下嫌袜子太大，一下又嫌背包太重，恨不得弄断自己一只脚，这样就可以舒舒服服地躺在医院里，悠闲地看电视看个够。

随着公里数一直增加，父子之间的对话也不停地转换，从有一搭没一搭的学校功课的无聊话题，到互相提醒听猫头鹰的叫声。最后他们竟然聊起阳光和风的“味道”来，父子渐渐走到彼此心灵的深处。甚至父子已经不用对话，只是蹲在池边看着蜻蜓飞舞点水，就感受到心灵互通的悸动。父子俩最终到达终点时，最快乐的感觉是“就只有我们两个人在一起”。父子相爱的长度，从零公里到他们共同走完的三百公里。一起走路，用两只脚走，改变的却是内心，还有灵魂。

或许一百年后回头看台湾，我们此刻所经历的矛盾和敌意都将化作无足轻重的尘土，谣言耳语八卦早已被日复一日的潮水冲刷殆尽，飘落在河海交界处，但是也许那条千里步道还在，它静静地被踩在人们的脚下，日复一日。

辑五　你愿意与谁同行？

我拿起相机拍下这一瞬间的宁静时刻，三个老朋友在后台各做各的，等着上场表演，这是多么幸福的事情。我想起金士杰在兰陵剧坊三十周年的公演会上，说的那句经典开场白："我们就这样一起老去，好屌。"

没有人是陌生人

小学生的寒假作业

长长的年假过后，我在电子信箱接到一封署名国小六年级学生的来信，大意是说今年的寒假作业老师出了一个题目“作家的深入报告”,因为平常就有接触到我的作品,所以专访作家就“设定”我啦。如果我能在寒假结束开学日的“前一天”看到这封信的话，她提出了五个问题希望我能回答。由于来信中将深入的“深”写成了“申”,感觉很草率，我的第一个直觉是，这个“小家伙”年假放完了玩疯了才想快要开学了，面对老师出的作业很烦恼，异想天开地找个作家试试看，还想要我替她完成寒假作业哩。

我写了一封简单的信给对方:“如果你愿意先写一篇五百字对我过去作品的看法，我就愿意回答你的问题。”我的如意算盘是，这个搞不好连我是谁都不知道的学生，一定会知难而退的。可是万一她花了点时间真的写了五百字来呢?我就这样回信说:“其实我就是要你自己写报告的。快开学了,时间太赶了,你就用这篇报告吧。”

第二天中午打开电子信箱吓了一大跳，她的“读后感”真的寄来了。我赶快用“工具”数了一下文章的字数,这是我最后的“机会”。

字数六百五十二！字符数含空白六百五十五！我像一个翻开牌知道自己赌输的赌客，看着这两个字数发呆。我以为五百字对现在的小学生很困难。专家不是说现在的小孩语文能力低弱吗？我只能认输了，很守信用地回了一封信给她说："我会给你一份报告，会在你所希望的时间内完成。"

小学生开学到底是哪一天？怎么这件事情又会和我有关系哩？手边还有很多工作的我，真的有点烦躁。

第三代读者

我半信半疑地开始拜读这位"赌赢"我的小学六年级学生的读后感。她说两年前，她在外婆家发现了三本我的书，分别是《第三代青春痘》，还有《我曾经那样仓皇失措地想着你》及《企鹅爸爸》。哇……外婆家。这简直是太刺激我的三个字了，那表示我开始有"第三代读者"了，我应该高兴才对。

她说最吸引她的是《企鹅爸爸》这本书，因为封面有一只可爱的小企鹅在画画。后来她看了这本书，才知道我是个"很关心家庭的爸爸"，对孩子"充满温馨及爱护"，也是个愿意"倾听孩子声音"的爸爸。她继续说，后来她又接触到我的小说《第三代青春痘》，她还举出其中一段"老妈的初恋情人"中的一句话："连着好几天老妈看到我时都忍不住笑了起来，好像看到她的初恋情人一样。"她又说她最近去图书馆逛逛，借了几本我的书，看到了《大小鸡婆》。她写说："小鸡婆是一个很有智慧的女生，不仅如此，她往往能靠自己解决问题。”她又举出另一本书是《臭企鹅 vs. 大屁股》。她写着：“这本书谈的又不一样了，是针对小野老师和李中的亲子关系。儿子考驾照，小野老师也跟着去考，因此发生了很多有趣的事情。”

这篇来自我的“第三代读者”的“读后感”，让我回忆起十多年前我在家工作时，陪伴孩子成长的许多故事。我曾经陪着读小学三年级的女儿去诚品画廊看到画家王攀元的画作，也陪她完成了一篇“寒假作业”，我还将这篇女儿的读书报告交给画廊，希望能转给王攀元先生。多年后，在王攀元的自传体书上，我读到了一段描述，他竟然对于当时他没有回信感到自责而耿耿于怀。我也曾经鼓励在读小学时不断被否定的儿子，参加报纸上的“妖精的故事”征文，我还在儿子第一封的投稿信中偷偷夹了另一封信，请求编辑高抬贵手，“只要发表一次”就好，没想到儿子后来成了这个长期征文的长期小作者。我忽然想到，也许这个孩子的这篇报告和写信给我的行为，都是在她的父母亲鼓励下做的，那，我是不是也该给“用心良苦”的父母亲来个鼓励和回报呢？就像当年那个编辑对待我儿子一样。我决定好好地“配合”这个孩子完成这份寒假作业。

人生的答案

我想起这几年自己写了不少文章都还存放在“粮仓”里，有些发表过，有些还没发表，也没有出版过，我可以从“粮仓”里找到孩子想要的答案，像是："为什么会成为一个作家？" 我很轻易地找到一篇《作家的条件》。关于"生命当中，有什么特别印象深刻的人、事、物"，这题更简单了，我最近写了很多关于不同朋友的故事，于是我先这样写了一个头："我的生命中遇到了很多很多精彩的人，包括我从事写作时的作家，和从事电影时的导演们，其中甚至有很多是天才般的艺术家。我有一个越老越红的朋友叫作吴念真。"底下我就接了两篇关于我描写吴念真的文章。如果她不嫌多的话，我的"粮仓"里还有描写侯孝贤、李安、杨德昌和张作骥的文章，另外也有文学家和艺术家的故事，像三毛、陈映真、王祯和和罗曼菲。所以我很轻松地完成了两题，前后不到十分钟。

第三题是"希望你的作品可以带给读者什么？或是让读者有什么感受？" 这可就有点难了，从大学时代开始写的小说、散文，到电影的剧本创作，再回归童话、青少年小说、亲子散文等，我到底想要给读者什么？或是我到底是怎么看待自己的人生？我写了一段话："每个读者在读着每一本书时，都会随着他个人的生活经验和知识得到不同的反应和启发。我希望自己的作品能用最简单的文字表达最深刻的情感，让读者自己去体会。就好像我们去爬一座看起来很空的山，会不会有很多收获就要看自己了。我希望自己的书就像是一座山，给人慢慢的爬和享受。"然后我就接上一篇文章《空山》。

第四题有点麻烦，是问我的"人生观"和一生中最想达成的"目标"是什么，有没有实现。我也写了一段话："我的人生观会随着自己的成长而改变，基本上我的内心是悲观的，但行动却是乐观的。

你看到我的书都是我第二阶段的作品，我对能拥有一个天马行空、充满创造力和想象力的童年充满着向往，所以我想成为一个伟大的童话家，将自己的作品给全世界的小朋友看。我很幸运地成为了作家，梦想实现了一大半。将来我想和儿童们一起创作。这是我未来的人生目标。”过去每当我从一个要上班的工作中（例如电影公司或是电视公司）脱身后，在笔记本上画的都是一些童话故事和造型。我真的很喜欢和孩子们玩在一起，孩子们的天真无邪会让我看到世界的美好和幸福。就像我会那么兴致勃勃地回答着这封信一样，我喜欢和孩子做朋友。

好了，剩下最后一题了。她问：一个家庭让我有什么样的感觉？有什么印象特别深刻的事？我这样写着：“我出生在一个物质生活很穷困但精神生活很丰富的小公务员的家庭。在过去的演讲或是访问中，我们一家人常常随口说些彼此从小写日记的习惯，听众或是读者往往会被我们说的内容逗得哈哈大笑，笑声的背后虽然有点同情我们写日记都没有隐私权的保障，但是也有不少人是羡慕我们彼此能用日记作为沟通平台，甚至于当成练习写作的第一步。”我从写日记这件事谈起，谈我很不一样的父母亲，这也是帮助我认识自己的开始。

花了一小时我完成了一万字的寒假作业。我寄出报告并且附上五千字别人对我的访问稿。这个孩子很有礼貌，写了封回信，说她会珍惜这份珍贵的回应，也会永远保存我给她的特别的礼物。她写着：“太太太感动啦！！！”还有一个“^^”。

开学后不久，我又收到她的一封信告诉我说，她的寒假作业得了第一名，要再感谢我一次，我这才想起来，忘了问她是在哪里读书的孩子。

我学到最珍贵的一课是："其实我拥有很多，何必吝啬？"而更具体的收获是，经过了这样整理"满而溢"的"粮仓"后发现，我可以认真考虑出版一本新书了。

在你的前戏中热舞

吴念真导的舞台剧《人间条件》已经连续演了十年了，最近从一到四集在城市舞台连续演一个月，对外号称还没宣传就已经卖了九成五。

他的好朋友们都在他的戏里有个角色，唯独我没有登上过他的舞台，但是献花或是开记者会却都会要我去参加。我最近一次参加他的记者会时说了这样一个笑话："有一次我从厕所出来，正好听到纸风车执行长李永丰对吴念真说，文学剧场清明时节让小野演一个调节委员会的委员吧。没想到吴念真非常坚决地说，小野根本不会演戏。那一刻，我不但没有失望，反而好感动。我觉得我的老朋友还是很爱我的，他不忍心让我为了演他的戏的配角而花费时间，他知道我有更重要的事情要做。我的时间是宝贵的，岂能浪费去演一个配角？"可是最近，他忽然邀请我上他的舞台表演，让我受宠若惊。

那是在某个星期日的午后，他的某一场戏要开演前，我本来是受邀去剧场后面接受一个访问，访问结束后和大家打个招呼，要赶回家继续工作。吴念真忽然邀我上台参加这场戏前半小时的"暖场"，舞台上的其他人也跟着起哄，我连忙推辞。我想："我应该是要演主角的。怎么连配角都没有？只能在你的前戏中走一走？”李永丰大叫说：“你可是要好好把握机会啊。”

“你可别小看了我这个暖场，这可是前戏呢。前戏是很重要的呢，别搞错了。”吴导很认真地说，真是很难得的幽默。自从他成为“全方位国宝级作家”后，相对地已经没有过去那样幽默了。幽默是要在从容缓慢时才会发生，当一个人忙到随时随地都在时间的夹缝中更换不同角色时，何来幽默可言？可见得此刻的吴导是很开心的，我便在这样一念间被推上了舞台，参与了他的“前戏”。

十年了，终于等到朋友给的这样一个千载难逢的“好”机会了。于是我在这场对我而言有历史意义的“前戏”中大跳热舞，跳得让朋友们目瞪口呆，我竟然愿意在朋友的前戏中大跳热舞，这是何等“悲壮”的举动？大家终于明白我和吴导之间的友谊是如何深厚了。也是演员之一的简社长笑着说：“我终于相信你过去说过的一句话了。吴念真不让你表演的真正原因是，怕你的风头超过他。哈……我真的相信了。经过你这样一跳，我懂了。”

前戏结束后，我回到后台喘息，我好久没有这样尽兴地跳舞了，而且竟然是毫无预警地在众目睽睽下。前台的戏正式开始了，这是一演再演的《人间条件》第一集，听说因为许多人买不到票，七月又要再加演。后台静悄悄的，柯一正导演躺在吴念真导演旁的椅子上睡着了，吴念真专心盯着屏幕看着前台的表演。简社长埋头用钢笔写着他的长篇大论，像个古代要入京赶考的考生。

我拿起相机拍下这一瞬间的宁静时刻，三个老朋友在后台各做各的，等着上场表演，这是多么幸福的事情。我静悄悄地离去，只对他们点了点头。我想起金士杰在兰陵剧坊三十周年的公演会上，说的那句经典开场白：“我们就这样一起老去，好屌。”

人间昏迷

有段日子当黑夜来临时，我常常坐在中正纪念堂有喷水池的广场的石墩上仰望着一个巨大的广告“陈映真·风景”，那是我在二〇〇四年从夏天到秋天最难忘的画面。那是云门舞集在二〇〇四年秋季公演的预告，林怀民从陈映真的几篇小说中寻找编舞的灵感，并且向陈映真致敬。

林怀民常常提及他第一次在明星咖啡屋见到陈映真高大的影像出现时的敬畏心情，许许多多的作家也都表示陈映真对他们的启蒙和影响。而我一直有个困惑，我到底有没有亲眼见过这个作家，和他说过话？于是，我开始努力地回忆着每个可能和他见过的画面和说过的话。

一九七九年秋天，我去美国纽约州立大学水牛城分校读书，当地的台湾同乡会给了我一个电话号码，我可以从这个电话中得知故乡台湾的消息。一九七九年十月三日陈映真再度被警备总部军法处以涉嫌叛乱罪拘捕，台湾同乡会就是用这个电话通知大家展开联署营救行动，不久陈映真就被释放了。

两个月后，台湾爆发影响深远的“美丽岛事件”。

大约就在这件事情不久后的某一天吧，我仿佛记得是吴念真和我一起去见了陈映真，当面向他请教是否应该接受邀约去“中央电影公司”上班。可是当时的时间地点都很模糊，就只像是墙上的一幅油画那样。在这幅斑驳的油画里有个有点沧桑但目光却炯炯的男子坐在角落的椅子上，窗外的微光映在这个四十出头的中年男子身上，仿佛还可以看到他穿的厚重毛衣上的灰尘，我和吴念真正襟危坐聆听他的教诲。

“先占住那个位子吧，占住位子是很重要的。”油画中的男子打破沉默开始说话。他有一颗巨大的头颅，或许要思考很严肃的问题才需要有这样大的脑容量。刚开始他的话不多，都是下结论给答案。不久，他的话多了起来：“我认识那儿的一个人，他是当年负责审问我的人。年纪轻轻很聪明也很优秀，真是太可惜了。他现在被派到你们那儿去当领导，你们要小心。你们那种地方到处是这样背景的人。年轻人不要太大意了。但是，只要占住位子就有一线希望，你们要沉得住气和他们拗。要慢慢地和他们拗，你们还年轻，可以用时间和他们拗。”

一九八三年夏天，中影内部爆发了上级单位要修理由黄春明的三篇小说所改编的台湾新电影代表作《儿子的大玩偶》，这件事情轰动了整个台湾文化界。在中影制片厂开整肃大会的那个下午，片场四周开始耳语不断：“听说陈映真出现了。”陈映真的出现，好像更能凸显整件事情是有阴谋的，就像过去许许多多被罗织下狱的案件一样。那次的事件在媒体一面倒的仗义执言下让国民党内改革派占了上风，保守派暂时忍让，我们这些不知天高地厚的“破坏分子”继续留在那个“位子”上埋头工作，只是未来的道路更艰辛了。

在台湾即将“解严”前夕，陈映真带领着一批追随者，办了一本关怀台湾被遗忘的弱势族群的《人间杂志》，将满腔人道主义的热情撒遍在这块他出生、成长、被捕入狱的土地上。他独立支撑着这本杂志五年，一九八九年初吴念真和我终于离开了“占了很久位子”的中影，同一年，他也宣布结束了《人间杂志》的发行。时代朝向一个不可预知的方向狂飙前进。

二〇〇六年秋天，陈映真二度中风被送进了北京的医院，院方表示这次是重度昏迷，病情不乐观。后来我问起吴念真那段往事，他沉思了一下说：“那次的会面应该是我的朋友带我去见陈映真的，因为有些人反对我辞去市立疗养院的工作到国民党机构去上班，他们认为我一定会被打压或是没有作为。只有陈映真大大鼓励我去占住那个位子，他认为只有占住位子才会有希望改变。他说知识分子要行动，要跳火坑，不能只是清谈。后来我把这段故事说给你听。半年后你也进来了。”

或许是吴念真太会说故事了，他会将故事中的各种情境细节描述得很生动，并且加上各种手势和姿势。或许是，我实在太向往能亲自聆听到陈映真先生当面的提示和启发了。于是就有了那幅忘了时间和地点的虚构油画。

事实上，我从来没见过陈映真。

带一片风景走

秋天的台南依旧炎热，从夏天拍到秋天的电影《带一片风景走》接近了尾声，我情绪崩溃的一场戏即将登场。

导演和摄影师正讨论着这场戏摄像机的运作，那是一个开阔的山谷地，是那种南台湾到处可见的被阳光烫得亮灿灿的青绿。我和刚满十九岁的新人小榕躲在有冷气的车子里做最后的练习，我说着说着竟然激动地哭了起来，小榕也红了眼眶。才十九岁的小榕有比同年龄小孩更多的人生历练和情绪，所以我也试着去触动她藏在内心的委屈。我原本是个很压抑、拘谨、根本放不开的人，我决定把自己真实的悲伤放在对白和表演里。

这部电影是根据真实故事改编，一个铺柏油的工人黄智勇在二〇〇七年六月十七日那天，决定用轮椅推着因为小脑萎缩症发病已经不良于行的妻子，开始了一整年断断续续的环岛旅行，环岛旅行结束后一年妻子过世。环岛旅行是这对夫妻婚前的约定，婚后两人都忙于工作和照顾孩子，一直到妻子发病了，黄智勇终于实现了这个承诺。小榕在这部电影中饰演这对夫妻最疼爱的女儿，我饰演发现妻子罹患小脑萎缩症的医生。在这对夫妻环岛旅行的过程中，女儿和医生都经历了极大的心理转变，女儿从不知所措的逃避，到接受这个残酷的事实；医生从原本的漠然和优越，渐渐转为深刻的反省和感动。绿色山谷前的这段告白，就是医生向女儿说出藏在自己内心的痛苦。

“当我看着你爸爸推着你妈妈慢慢地走着走着时，我好感动。我会想到我自己，凡事都是那么匆匆忙忙，那么急切的。从小，我就被一只巨大的手不断推着往前冲，有个声音在我耳畔不停地叫着说：快点！快点！慢了就完蛋了。别好吃懒做了……快点向前冲，不要输给别人！”我没有照着导演写给我的对白说，我对着小榕诉说着自己成长的故事。上个世代有些人活得就像是在逃难，慌慌张张争先恐后地抢着一口饭吃，他们教育孩子也要这样过日子。

当我很激动地说了一大堆后，导演有些纳闷地问我说：“你还有一大段话没说。关于当医生的心情……”

我说：“我刚刚说完了呀。”

“我是说，我写给你的对白，你都还没说。找你们这些当过编剧的来演戏还真麻烦，还自己写好对白哩！”导演笑了起来，摇摇头。他坚持要我把他写的那段话讲完，于是我继续将导演写的对白讲完，是一些“我在他们身上看到了生命是无限大”之类的医生心情。

几个月后电影终于要上映了，我坐在戏院里看着这部电影的试映，一路看下来发现只要是我自由发挥的对白几乎都被剪掉了，尤其是到了最后面，我最期待的我自己写的“泪流满面的精彩告白”更是消失得无影无踪，只剩下“生命是无限大”那几句。

我坐在戏院的黑暗处忽然哈哈大笑起来。每个人的成长果然都不一样，我的成长导演不一定懂，而我，又何尝懂导演的内心呢？我们会感动或伤心的地方不一定会相同啊。每个看电影会流泪的人都是哭自己的经验和感同身受啊。

我想或许导演是对的，我的那段话不应该放在电影的医生嘴里，而是我自己的心里。

老妇人的半碟冷菠菜

我注意到那个刚刚走进餐厅一脸病容的老妇人。她好像刚从另外一个世界走进来，一脸的彷徨无助。

原本就因为人手不足忙得有些心浮气躁的女孩，走过来问她要点些什么，她茫茫然地望着女孩说："简单就好。我吃点青菜。"女孩耐着性子如机械般回答了几种菜，她点了菠菜。然后两人又讨论了许久，老妇人又点了一碗四神汤，女孩松了口气，转身向厨房念了两声，快速奔向别桌。

这个城市越来越容不下节奏太慢的老人了，尤其是在那些有年轻人当服务生的地方，像是快餐店或是超市。年轻的消费者通常都很清楚地点了东西，付了钱就迅速离开柜台，动作干净利落。老人总是问东问西举棋不定，掏钱的动作又很慢，对方找了零钱还会抓不稳掉了一地，如果再给张小小的贴纸恐怕会弄掉老人半条命。老人走进超市或快餐店，听到服务生嘴里咕咕哝哝地说着一些像机器人说的话时，会以为自己踏进了火星。

四神汤和菠菜端上来了，老妇人还是一脸茫然，她嫌菠菜太多了吃不完，她感到相当困扰。于是她向隔邻的中年男子求助："我把菠菜分你一半好吗？你看我都还没动筷子。"老妇人还举起筷子证明“清白”，中年男子笑着摇头说他也点了青菜：“谢谢你。你自己吃吧。”被拒绝后的老妇人还是想寻找相助的“贵人”，她转而拜托另一桌的年轻人，四个刚下课的中学生也笑笑说不要，好像怕被老人沾染到什么般。

我想到吴念真写的那个已经成了儿童剧的故事《八岁，一个人去旅行》。故事中，八岁的阿钦被爸爸要求从九份搭火车去宜兰，在车上遇到一个卖完菜要回家的陌生老婆婆的故事。其实阿钦不太敢看脸上抹了白粉的老婆婆，但是当老婆婆昏睡过去后，阿钦以为她死了，吓得大喊救人啊。救醒后，全车的人都以为阿钦是老婆婆的乖孙，阿钦也就扮演起老婆婆的孙子了。吴静吉告诉我说，他每看一次哭一次。

我望着自己满桌的菜想着，如果老婆婆来求我，我就欣然接受。果然她站起来走向了我，我说：“好的，正好我没点青菜。谢谢你。”她如释重负般给了我半碟菠菜，还向我鞠躬说：“谢谢你啊。”老妇人终于安心地回到座位上慢慢地喝着大概已经凉了的四神汤。我的桌上摆着矿工猪肉、鲭鱼、嫩豆腐、萝卜汤，还有一碗大的卤肉饭。中午来不及吃饭就去工作，此刻只能午餐和晚餐一起解决。

我吃着老妇人送给我的半碟菠菜，想着她的惜物和善意，对现代人而言反而是无法理解的事了。老妇人喝了汤吃了青菜似乎有了点食欲，于是又加点了一碗卤肉饭。她去柜台结账时女孩要她庆祝“建国”百年摸个彩，她摸出一张食品兑换券，是一颗卤蛋。为了这颗卤蛋她们又讨论了很久，老妇人望着我思考着。

“她是不是又想问我说，可不可以和她分半颗蛋？”我摸着已经胀起来的肚子有点担心地想着。

另一种乘着光影去旅行

武少和许多同年龄的年轻人比起来，算是投入职场工作很久的资深婚纱摄影工作者。他在重复又重复的工作中感到很空虚，总觉得少了点什么。

有一天，他终于决定独当一面开一间和别人不一样的婚纱摄影公司，结合旅行和露营，也算是另一种“乘着光影旅行”吧？没错，他是摄影大师李屏宾的粉丝，他喜欢他那种独特的宁静、寂寞却带着安详的画面，他说看着看着都会感动到想哭。他说他让要结婚的新人在忙乱的婚礼举行前先来个“小蜜月”，沿途寻找不一样的风景拍婚纱照，借由摄影者和新人的相处彼此产生的信任感，还有因为旅行露营和大自然亲近所产生的愉悦感，让婚纱照能传达一种安静的爱情和幸福感觉。爱情原本应该是宁静安详的，婚姻更是。所以他觉得一般婚纱照太匆忙，拍摄出来的甜蜜幸福感像是“演”出来的，总觉得哪里不太对劲。

哈利和爱蜜莉是一对将要在圣诞节结婚的年轻人，他们是在苏格兰读研究院时住在同一栋宿舍才认识的情侣。“认识她是因为发现有一包擂茶袋，觉得一定是来自台湾的留学生，于是就一间间宿舍敲门。”省话的哈利简单说着两人的奇遇和决定：“我很健忘，挑圣诞节就不容易忘记。”拍婚纱不能回到苏格兰度小蜜月，就想点相近气氛的地方吧。旅行车出发时台北正飘着雨，我说：“下雨不坏，拍电影时得用好几辆消防车呢。”于是我们就到新竹县鹿寮坑一处私人的湿地，武少说他最喜欢湖畔高大的落羽松，爱蜜莉穿着湖水蓝的露肩礼服站在飘着细雨的湖畔，湖里三只鸭子默然望着她和新郎拥抱亲吻。武少说：“这里是在山里面，所以风不大，湖面很平静，可以拍到新娘湖水蓝礼服的倒影。”我忽然脱口而出：“荫凉湖畔！”*Shades of the Lake* 是李安在纽约读书时拍的作品。

雨势忽然大了起来，我们结束拍摄，驱车南行，阳光渐渐探出了头，沿着海岸线来到了一个标榜着“白海豚曾经在此出没过的”小渔港，武少说他没有在这里拍过，那就这里吧。满地的渔获却乏人问津，海岸上有一排大风车，干净的沙滩有许多寄居蟹挖的大洞，一个年轻的爸爸抱着一岁多的孩子指着远方说着呢喃话语，一只胖胖的短腿狗忠心地守候在一旁。“这是杨德昌拍的《海滩的一天》。”我又自言自语地说了起来，全场只有新娘爱蜜莉看过这部电影，她学的是和电影有关的科系。

黄昏时我们来到三义脸谱文化会馆露营，这正是将他们圈在一起的那包“擂茶”的出处。天空高飞的是雁群，低飞的是蜻蜓，光腊树上独角仙吸食的痕迹已经结了疤，我们在帐篷下吃着火锅，新娘和卑南族的摄影师阿彪合奏卡农，雁群在天空排着“Love”，还真有点“世纪婚礼”的味道了。

雨中的告别式

我站在信义路一段的中华电信门口打算拦一辆出租车回家，如果不是因为下雨，我只要穿过中正纪念堂就回到家了。这时候有一辆车停在我的旁边，车窗摇下来，是罗曼菲，她招手要我上她的车，我很见外地摇摇手说："我家就在隔壁，谢谢啦。我们不顺路。"她温柔又很坚持地说："先上来再说吧，雨很大，让我送你一程。"

我无法拒绝，有点害羞地上了她的车。我知道我说了一句连自己都不明白的废话，因为我并不清楚罗曼菲住在哪里，我为何说不顺路？面对一个平日只能仰望的美丽舞者，我竟然变得语无伦次起来。"你说现在怎么走？我可是个路痴哦。"罗曼菲说起话来很直爽，信义路是单行道，遇上了应该右转就到我家的杭州南路也是单行道，所以只能左转。望着前方茫茫的大雨，我说了一句很不负责任的话："我也不知道该怎么走？我也搞不清楚方向……因为我也是个路痴。"于是罗曼菲踩了油门，穿过了杭州南路往信义路冲，我的家越来越远了。我想，车子这样开下去会是一条不归路啊。

我从来没有和罗曼菲那么接近过。她有一种让人立刻放松的神奇魅力，她说起话来像是熟悉多年的老朋友，当她开怀笑的时候像个小孩子般单纯，开车时的优雅轻松也像是在跳舞。相形之下，我反而不知道该如何摆弄我僵硬的身体，除了每隔一段时间拉扯一下斜绑在身上的安全带外，只能说着一些连自己都听不懂的废话，她的自在快乐让我显得不是普通的蠢。

罗曼菲很体贴地想谈些我所熟悉的话题，像是台湾电影的未来命运之类的，于是我们继续聊着我们刚才一起看的那部吴乙峰的纪录片《生命》。艺文界的朋友们刚刚齐聚一堂准备欣赏这部拍了五年的关于“九二一”大地震的纪录片时，吴乙峰要我当影片放映后座谈会的主持人。这是二○○四年的秋天，大选的“两颗子弹”议题已经从春天吵到了秋天，整个社会就像陷入泥泞中的猴子，再也变不出什么新鲜有趣的把戏了。台湾电影跌到了谷底，一群年轻的电影工作者推出“抢救台湾电影大呛声”，我也不知道能和罗曼菲谈什么。

我反而不敢问一个我最想知道的问题，那就是她的身体状况。从媒体得知三年前她被发现是肺腺癌第三期，她服用一种新药后控制得还不错，所以她也继续编舞和教舞。坐在驾驶座上的她神情看起来灿烂清爽依旧，看不出来是一个已经和死神起舞了三年的舞者。

二○○六年的春天，罗曼菲终于停止了她和死神的舞蹈，静静地躺在死神的怀抱中，和这个她用舞蹈来诠释的人间告别。她在得知自己罹患癌症后，接受专访时说她并不怕死，尤其是忽然和死神那么接近时，她就更不怕死了。她说在这段和死神共舞的日子里，其实天天都在做着各种不同形式的告别式，默默地和她家人还有许许多多的学生朋友们告别。我忽然想起那一天一起看纪录片《生命》

的雨夜，我意外地搭上了她的便车，或许那就是另一场告别式吧。她驾着车子在大雨中绕来绕去，我也说不出个方向来，于是车子越走，离我家越远。或许我在潜意识里不想让罗曼菲消失在这个逐渐消沉的岛国吧。

在大雨中绕啊绕的车子，就像《挽歌》中原地旋转了十分钟的舞者，其实那正是一种对生命即将消逝的不舍啊。

辑六　人为什么痛苦？

我不会忘记十八岁读高中时的那场三千米比赛，我演出的逆转胜。尤其是蓝色背心上印着“夜间部”的字样，像是一种羞耻和痛苦的印记，一种“次等的”“失败者”的符号。我心里明白，我会赢得最后胜利，因为我是有备而来。

最大的幸福，总是在痛苦后

坦克大决战

等待这一天的见面已经很久了。就在这一天到来的清晨，我做了一个已经很久没做的关于考试的噩梦。更精确地说，应该是梦中梦。

我走上讲台拿了一张化学科的考卷，回到座位，很快写完后放回讲台。我好像只写了第一大项，这时已经快下课了，我偷偷地拿回考卷把第二和第三项胡乱填了答案，老师却将考卷收走了，于是我冲出去追老师，想要把考卷放回去。有个同学陪着我去教师休息室看看，可是老师已不知去向。同学看到我手中的考卷说："今天考卷有五张，你拿到的不是今天的考卷。"一切都完了，化学是零分了，这太绝望了吧。这一定是梦，不会是真的，于是，我从"梦中梦"里吓醒。

我搭着车往台人校友会馆参加这个令人期待又害怕的聚会，窗外下着蒙蒙冷雨，阳光才出来几天又回到湿冷的冬天，多么像十六岁那年的夏天，高中联考放榜后的心情。爸爸跪在我前面痛哭失声说："孩子，一切都完了。是成功高中夜间部呀！"就像清晨那个噩梦，我怀疑自己是不是拿错了考卷。而今天就是四十四年前被命运之神安排在一起的夜间部同学的会面。离开暗无天日的地狱后四十四年，这些小鬼们都还好吗?

我望着两桌头发都已略显斑白的男人们，几乎叫不出几个名字来。我赶快拿着一张从毕业纪念册上影印下来的大头照来辨认，即使就是那些大头照上的少年，我也想不起几个来。遗忘或许是让痛苦减轻最快的良方，我真的忘得差不多了。这时有同学带头唱起改了歌词的《坦克大决战》："夜间部的同学们，我们团结起来……"然后大伙就跟着唱起来，热血沸腾慷慨激昂，简直像《义勇军进行曲》。

"这是什么歌?"我问。大家都笑了："是你为我们啦啦队写的歌。后来还被学校禁唱，说有分化日夜间部情感的企图。"

"对对，那次运动会我也有下去跑三千米?"我的回忆终于慢慢苏醒了。

"是啊，你忘了你那场比赛呀?你还边跑边向我们的啦啦队挥手，很骚包的。当年你一战成名!"

"对对。我还保留着那张挥手的照片。"我得意地笑了起来。

"还有何信浩，记得吗?一个人参加好几项，为班上拿了很多分。我们班在那一年是全校田径赛的总冠军。不过他，好像……走了。"

"我们班走了三个，还有许鸿文和包澄沛。"负责联络大家的李德麟医生报告说。李允中教授说，他本想联络许鸿文医生，却在网络上看到一篇吊祭许鸿文医生的文章。李允中教授红着眼说，他本想去鞠个躬，却晚了一步，毕业后他们还常常通信的。

这真是一个迟来的同学会啊。或许大家都近乡情怯吧。我看着同学们递给我的名片，有的是在日本大阪开业的医生，有的去了大陆经营医院，更多的是在台湾开牙科诊所的医生，也有在台湾大学任教的教授。大家也都还没退休，这些从黑暗地狱爬出来的小鬼啊，大家都还活得那么生气蓬勃的。

“你会做考试的噩梦吗？”我问当时的班长黄传雄医生，他瞪大了双眼说：“当然会，还常常吓醒呢！”

三千米逆转胜

我不会忘记十八岁读高中时的那场三千米比赛，在台北市立体育场的跑道上，我演出的逆转胜。尤其是蓝色背心上印着“夜间部”的字样，像是一种羞耻和痛苦的印记，一种“次等的”“失败者”的符号。我心里明白，我会赢得最后胜利，因为我是有备而来。

在往后的日子里，我总是不厌其烦地在许多演讲场合描述着这场全校运动会的长跑比赛：“枪声响起后，七十几个选手同时冲出去！在场外啦啦队的鼓声叫声歌声中，选手们只管向前猛冲，忘了这是一场长跑。队伍很快就拉开了，有人遥遥领先，我用练习时的节奏慢慢跑变成最后一名。当我经过班上啦啦队前面时，有人大喊说，至少赢一两个人吧？”

我说故事的情绪，随着故事发展和转折渐入高潮：“我始终用自己的速度跑在最后，跑到一千米时开始有人吃不消了，纷纷退出跑道，大家的速度明显都放慢了，我知道，该是我发挥的时候了，我开始加快速度，我轻松地超过前面的人，每超过一个人就对他挥挥手，对方只能痛苦地望着我。”每次说到这里，台下的听众就会报以热烈地掌声和笑声，逆转胜永远是百听不厌的故事。“我们班的啦啦队疯狂地打着鼓，同学们狂喊着我的名字，连其他班的同学也跟着喊。我经过同学前面时开始挥手，边跑边笑，接受同学们拍照。”我仿佛置身当时的现场，“大部分的人都被我追赶过了，我的前方只剩下三个校队级的选手……我闭上眼睛，忍受着脚快要抽筋的危险，我拼了！”

“我咬紧牙关闭着眼睛跑啊跑的，忽然听到四周的叫声要我别再跑了。我睁开眼睛，发现怎么前面一堆选手？原来是我足足比他们多跑了一圈！”在全场听众惊呼声中，我该要做个结束了，“最后我倒在终点线上，两个同学冲上来将我抬出去。他们说，你尽力了，太精彩了。我们班最后也夺得田径赛的总冠军。”

之后，我就会开始讲自己后来如何用功，考上了当时分数不输给医学院的师范大学生物系，还当选全校的模范生，后来我又努力写小说，学生时代就成了畅销作家，得了很多文学奖。后来又如何放弃了留美奖学金，回到故乡为台湾电影的前途奋斗，完成影响后来深远的“台湾电影新浪潮”。我的故事不断有新的发展，包括回到家里专心创作，无心插柳柳成荫的亲子散文和青少年小说，还有一头栽进战国时代的电视圈打了几场“可歌可泣”的混战。不管演讲主题是什么，我总是可以从那一场三千米长跑的逆转胜开始说起。

梦和鞋子

有机会和林义杰作一次电视节目的深谈，和林义杰对谈时，制作人在我们之间布置了一双林义杰的球鞋。

和林义杰对谈时，林义杰才刚刚跑完一万公里的古代丝路返回台湾，整个人看起来相当地疲惫。那双看起来脏脏破破的球鞋，就是刚刚跑过丝路的鞋子。他说：“这一百五十天我跑坏了好几双球鞋，都送给别人当纪念品了，只留下这一双。”古代张骞走过的丝绸之路横跨人类生存最艰困的地区，包括土耳其、伊朗、土库曼斯坦、乌兹别克斯坦、哈萨克斯坦、西安，林义杰和另外两个陪跑者跑到三分之一路程时同时中毒紧急送医急救，当他被救醒后第一个念头是：“出发，继续跑，不然故事就写不下去了。”

十五岁那一年，他告别了家人，决定自己这一生的故事要用一双脚“跑”出来，因为他发现自己有这方面的天赋。我被那双跑过古代丝路的球鞋深深吸引着，因为我想到那双被我放在柜子里的球鞋已经好久没穿了。

高中时我为了参加三千米比赛，每天把皮鞋挂在脖子上，赤着脚跑步上下学，苦苦磨炼着自己的脚掌。放假时我花更长的时间沿着大水沟跑，路程远远超过了三千米。我赤脚跑步真正的理由是我买不起球鞋，正式比赛那天，当一些选手换上了钉鞋，我却穿了五双袜子，想让自己跑起来更轻盈。

我问林义杰说：“你跑步的时候是不是让脑筋放空，只让呼吸和身体维持规律？”

他充满自信地笑了起来："正好相反。在那么长的路程中我都是和自己对话。回忆就像电影的片段，会不停地倒带，有画面和声音。我也不停地思考，我很喜欢思考。"是啊，他要用一双脚横跨撒哈拉沙漠、中国大戈壁、南极冰原、加拿大北极圈，他一定要靠着不停的思考建立起坚固强大的信念，强化自己的心理控制，才能支撑着来自肉体的痛苦和内心的寂寞，超越人类体能和心理的极限，否则他可能很快就会被自己疲累的躯体和内心的寂寞击垮。

常常被考试考坏或考前没有准备的噩梦吓醒的我，私下问林义杰一个关于梦的问题："你会做跑步的梦吗？"他说，睡在帐篷时常常做一个相同的梦，那就是躺在家里的床上睡得很香甜，醒来时发现自己是躺在非洲的帐篷里，那时候好想家。有一次他完成了整个跑步的活动回到家，晚上又做了同样的梦，醒来后摸摸软软的床，啊，真的回家了，不是梦。

痛苦形塑自我

亲爱的阿肥：

深夜做了一个惨淡的梦，醒来后就再也睡不着了，于是打开电脑给你写信。这个梦的场景像是我们的童年，低矮的平房，陈旧的家具和床，模糊的蚊帐和棉被，昏昏暗暗了无生气。梦中的我，其实已经住在外面了。这一晚是回家看妈妈和祖母的，脑子里想的却是：微积分和物理化学是否会被当掉？大学是否可以毕业？妈妈和祖母的身体都很衰弱，她们已经睡了，你陪着祖母睡在同一张床上，我蹲在妈妈的床边，在她耳畔轻轻地说："妈妈，晚安。"梦里的妈妈有自闭症倾向，没有反应，我相当失落。梦里这个老家是靠你一个人独自在支撑着，现实生活的你，却是远在美国南方的沼泽地，面对着两个并不好带的孩子奋战了大半辈子，你凭着自己强大的意志力撑着这个家。原本你是我们家最俊俏英俊的美男子，如今看起来，你已经是精疲力竭头发花白稀疏的小老头了。

我很想和你分享我最近看过的三部纪录片，我从这三部纪录片中似乎找到了生命中的最后答案。一部是曾经轰动香港，足足上映八个月的《音乐人生》，是一个音乐神童和他爸爸之间的故事。另一部是意大利的纪录片《和我做朋友》(*How I Am Wie Ich Bin*)，两个年轻美丽的意大利女导演记录一个自闭症少年的内心世界，全片几乎没有对白，只用派崔克自己打字的内容作为内心独白，全片如诗如画到让人仿佛成了派崔克，明白他无能为力的无奈和忧伤，也和他一起体验到属于他的和别人不同步的如同被大雪覆盖的寂静世界。我看完后失眠一整夜。

最近，我又看到一部林正盛花了很长时间跟拍三个母亲和三个亚斯伯格症孩子之间的互动，还穿插一个自闭症画家李柏毅的故事的纪录片《一闪一闪亮晶晶》。在美国出生的李柏毅被鉴定有绘画天分，妈妈力排众议，在他十七岁时带他回台湾学习普通话和闽南语，师范大学美术系给了他一间画室画图，他平日在外公开的明星咖啡厅打工。这部影片的主题曲是李柏毅弹唱的《小星星》，正好是我们妈妈生前挂在床头的音乐熊唱的歌。大姐每次来看妈妈时，就拉一下音乐熊，让熊熊哼着《小星星》的旋律。

当我听着李柏毅弹唱着这首歌时，眼泪流个不停。妈妈离开我们快满一年了，富阳生态公园的萤火虫又出现了。去年还推着妈妈去看萤火虫，一星期后她就走了。最近我常常在夜里走进生态公园去看萤火虫，总是会想到我们那个平日非常沉默，可是到了夜晚就不停地说故事的妈妈。她的记忆力好到几乎像是整卷已经录好的录音带，但是却不能表达太多的情绪，我曾经怀疑她有点自闭症的倾向。

在《音乐人生》中，十七岁就已经当上乐团指挥的黄家正，不断地和十一岁的自己对话，十一岁的黄家正当时赢得香港校际音乐节的大奖，去捷克和当地的乐团合作贝多芬的钢琴协奏曲；十一岁的他在当时就相当固执己见，展现一种想掌控全局的企图心，到了十七岁时简直成了神。黄家正的爸爸是个事业成功又懂音乐的医生，典型香港的上流阶层，可是黄家正却毫不留情地严厉批判他爸爸没有人性，对孩子只谈音乐比赛和足球，满脑子功利只想要"赢"别人，最后又背叛了妈妈。在大人严密掌控和殷殷期待下长大的孩子，真的会复制这样的掌控欲，让人生充满焦虑和不安。你我不都是这样长大的吗？总是挥之不去的一种恐惧和忧伤。

《和我做朋友》里的派崔克这样写着他和别人不一样的心情："痛苦形塑自我。""我可以想象在岛屿的某个角落当我准备要进入人生的竞技场时有人开始种树。""我怕外在太多的刺激和干扰。我怕别人批判的眼神。""人们总是爱分析，人们不允许别人和自己不同。""不要同情我，但是我需要被理解。"最后有一幕是派崔克的爸爸和派崔克骑着协力车，很吃力地爬着坡，派崔克失神地忘了继续踩踏板，弓着背的爸爸说："你能帮我忙吗？"天啊，弟弟，我能不想到你吗？

虽然有点晚了，还是要说一声：生日快乐。

大哥

暗夜相逢

认识张作骥这个人是从他的背影开始。

那是一个倾盆大雨的午后，他披着一件墨绿色的军用雨衣，骑着摩托车呼啸地冲进我们的五月工作室外面走廊。我看不到他的脸，因为被雨帽遮住了。印象中那个魁梧的背影和利落的身手，配上了落不停的雨的气氛，很像后来杨德昌拍的《牯岭街少年杀人事件》中本省挂帮派借着雨夜，穿着雨衣带着武士刀去杀外省挂的那一幕。有点恐怖暴力的气息。

正在五月工作室筹拍由黄春明小说改编的《两个油漆匠》的虞戡平导演告诉我说，这个人是他的副导演，刚结束侯孝贤的《悲情城市》来这里报到。一九八九，李登辉上台，台湾进入国事如麻的乱局。虞戡平导演借了我们公司拍他个人"最后一部"剧情片，金马影帝孙越也宣布这是他人生"最后一部"电影。对中壮代的电影人而言，仿佛是繁华落尽酒店要打烊了。偏偏当时还有许多热爱电影的年轻学子眼见"台湾新电影"兴起，纷纷投考影剧科系，张作骥便是其中之一。可是当这批热血青年毕业想踏入这个行业时，迎接他们的却是电影工业大萧条的黑暗时代。张作骥去跟《悲情城市》时还是助导，在复杂混乱的人事更迭中，侯孝贤拉拔他升上副导，他成了当时少数能跟到最后一个镜头才离开的工作人员。

有天深夜，我散步经过中正纪念堂附近，隐约间看到一个穿着家居服的汉子醉眼迷蒙地坐在路边的铁椅上，温柔地抚摸着一只忠心陪伴在身旁的狼犬。那是一个闷热到令人快要窒息的夏夜，闷的不只是天气，当然还有心情。我和那个醉汉对望了一眼，我们彼此都有点尴尬，因为我认出他来。六年前，我见过他穿着雨衣骑着摩托车魁梧的背影，虽然当时没有看到他的脸，但是却可以感觉一股蓄势待发的气势。只不过才六年的时光，我在黑暗中看到了他醉红的脸，我不忍驻足，匆匆离去。

十六年后，五十岁的张作骥已经完成了他人生的六部电影，得了一堆的大奖，越挫越勇，成了第十一届“国家文艺奖”电影类最年轻的得主。我们聊起十六年前那一次的暗夜相逢。他笑着说，他当时有认出我来，那时，他正在拍他真正的第一部电影《忠仔》，一切都不顺利。那是一九九五闰八月，从那时起，他的这条电影路走得非常坎坷痛苦。

那天我去探访张作骥，去看他最新完成的电影作品，吃了一顿他亲手烧给员工们吃的大锅饭式的晚餐。离开工作室时才发现外面下着好大的雨，密密的雨丝如箭矢般射下，景美新桥附近的景色有点迷蒙昏乱。我又想起了很久很久以前，那个下雨的午后，穿着墨绿色军用雨衣的魁梧的背影。那个人汉猛转脸，他的心埋时间到了。雨滴缓缓落下，慢镜头，当雨滴落在地上时，时间如梦般二十二年飞逝。大汉拔刀望着前方，前方茫茫空无一物。停格。音乐声起，字幕上。又是一部电影作品的完成。

躺下来聊天

我做了一个很长很长的梦，梦境比现实生活还真实。

我依约来到了一个房间，中年的女医生戴着口罩引导我躺下来。虽然看不到对方的嘴角，但是就只要那双眼睛便知道她正在仁慈地笑着。这是我第一次接受这样的心理治疗，带着一点点好奇和怀疑，我想，人生总有些新鲜的事情要尝尝。

在接受治疗前，女医生向我解释这种治疗的方式说："没有任何药物。你就是要说话，说什么都可以。但是有个条件，不管多痛苦，你一定要诚实地面对真实的自己。如果你不坦白，我就无法从你的话语中得到讯息。"

"要说什么呢？我过去就常常演讲，我已经说太多话了。"我带点讽刺和酸味地说，"能说的我都说了，所以，我不知道还要说什么？"

女医生在口罩后面说话，我可以感觉到她的暖气吐在口罩上："我知道你在课堂上或是各种演讲都已经说了太多了，但那都是你愿意公开说的，是经过修饰的。我要的不是这些。我要的是你没说出来的，藏在心里最深层的，或是连你自己都不知道或不敢面对的。"

我继续挑衅着："那我为什么要告诉你？现在不但要告诉你我的秘密，还要付费？"

"或许我会让你好过些。"女医生静静地说着。我很自然地躺在一张躺椅上了。

"我想到了我妹妹。"我还没等女医生坐下，就自动启动了嘴巴，"每次她来我家把东西一放，就躺在我家客厅里一张长长的沙发上，把脚抬起来，很愉快地对我说，来吧，我们躺下来聊天。不过她现在早已经成仙了。有人看到她走的时候，有个仙人飘上天空，后来，也请了一个通灵的人来看，他对我说，你妹妹已经到达彼岸了，一切都很好，还是像个侠女那样，潇潇洒洒的。她说，唯一不放心的是她那个宝贝女儿。妹妹走的时候我都没哭，可是当我听到通灵的人说，妹妹已经到达彼岸时，妈的，我眼泪忽然用喷的。彼岸。彼岸。每个人都会要到彼岸的。我妹妹好像很向往彼岸，急急忙忙的跑去了。妈的，她的女儿还很小呢，怎么办？我八岁的时候也曾经想去彼岸，因为我对人生感到迷惘。我们兄妹感情很好，小时候她被邻居的小孩打了一巴掌，我他妈的就用石头把对方敲出了一个大包，好大的一个包。我妈要打自己的孩子给邻居看，就拿一根棍子要教训我，我就逃走了。结果我妈就打妹妹出气，我妹妹好衰。我很气，逮到机会再用石头敲了那个家伙的头一下，让他头上的包成双成对。我真的很爱我的妹妹，但是她在成仙之前却哭着对我说，我是这世界上给她最大压力的人之一！另一个人是我爸爸。"

女医生静静地听着，口罩始终都没拿下来。果然是一个演说家，躺下来就没有停过。梦境中出现一个在荒漠中早已锈蚀的水龙头，脏脏的水流个不停，脏水被荒漠的沙子吸尽后，有墨绿色的苔藓植物趴在地上，好像有点生命的迹象。女医生说她想要在荒漠中寻找有点生命迹象的东西，然后让它慢慢长大。

我在痛苦的梦境中转醒，发现枕头上已经有了泪痕。

再好好爱我一下吧

一整天都心神不宁。其实这样的不安已经跟着我足足快九个月了，大概是不习惯恢复朝九晚五的上班日子吧。自从进入这样的工作循环后，早已疏于和亲朋好友联络。

这晚我留下来参加一个很特别的晚宴，在一家气氛不错的意大利餐厅，长长的餐桌中央放了一盆粉红色，音乐是意大利歌剧，轻轻地唱着浑厚的声音。席间每个人都说要感谢我这个才来不到九个月的伙伴，并且向我举杯，在她们的口中，我似乎是一个成功的领导者。带着一丝丝醉意踏上归途，接近家门时从房间的亮光觉得很不寻常。儿子的第一句话就是："小姑姑在道场昏倒，送到马偕医院急诊室去，妈妈和妹妹都赶去医院了。"忽然间我所有心神不宁都得到了解释，我知道，一切都提前发生了。三宝，我唯一的妹妹终于做出了世间最重要的决定，她要先走了。

搭上往淡水的最后一班地铁，车厢内的人还不少，都是归心似箭的人吧？一脸疲容或闭眼或斜卧，人生百态全写在这些人的模样和姿态中，疲倦是他们共同的描述。我想，我的妹妹，小平，一定也是太疲倦了吧。记忆中只要她踏进我们家的大门，不久之后就要找一个舒适的地方躺下，通常就是那一张横的靠墙的沙发，一手撑着脸颊，翘起脚说："这样好幸福呀。"她说她不喜欢和我说话，因为我是一个能征善战的斗士，她却爱好和平。她说她总是带着烦恼和忧伤走进来，离开的时候却是信心满满，觉得人生充满希望。

就在她忽然倒下的前一个星期，她忽然在电话中对着我号啕大哭，说她一定要告诉我她最心底的话，她说："在这世界上有两个男人是我最大的压力，一个是爸爸，另一个，就是你。"在她的哭诉中，我并没有一丝怨怪，只是鼓励她尽量说出来，而内心却真的开始自责起来：为什么？为什么？为什么我自以为最爱这个唯一的妹妹，可是她却感受不到？我会想到童年的种种，她和弟弟像是我的小跟班，跟着我玩由我独创的游戏。我带着她去龙山寺挤在人群中猜灯谜，我把她架在自己的肩膀上，要她拼命举手，我们总是赢得不少奖品欢天喜地地回家。她上了大学后，我陪她参加运动会的长跑，她在跑道上奔跑着，我在内圈的草地上陪她跑。她总是笑吟吟地向别人介绍我说："这是我的大哥，小野。"我一直以为我是她的骄傲。我也一直以为，我给她足够的支撑力量，给她爱，就像我把她架在自己的肩膀上，让她站在更高处。

当她对着我痛哭失声的那一刻，我才知道这些都不是她真正想要的。她哭得声嘶力竭对我说："我不喜欢像你一样和别人竞争，我只想要在自己小小的世界中和平地生存着，与自己所爱的人和事相处。你鼓励我要做这做那，对我而言，都是不快乐的，都是压力。你是一粒压不扁的铜豌豆，但我不是，我是豌豆荚里最普通的豆子。"在驶往淡水的最后一班地铁中，我把微醉而沉重的头颅埋在双手中，脑子里全是三妹曾经对我说过的话。她总是说，她没有被爱够，她总是说，她不记得童年被谁拥抱过，她总是诉说着她人生的遗憾。而我的回答也总是说："有啦，你有被爱啦，你只是忘记了。"

我终于在竹围站下了车。在加护病房外面见到了妹夫，他又重新说一遍妹妹走进道场前的一些行为举止和言谈。人总是这样的，生者总是想努力捕捉逝者生前最后的只字片语。妹夫很不经意地说了一句话，却深深刺痛了我："小平去道场时很快乐，一路上还嘻嘻哈哈的，下车的时候，还对我说，谢谢你啦。后来，她又忽然回头多说了一句话，她说：'哎！再好好爱我一下吧。'"

或许，这才是她最后的遗言。

坐在隔壁的三毛

三毛就坐在我隔壁。她裹在礼服下的身体绷得很紧，整个人正处于亢奋和紧张状态，她是这届金马奖颁奖典礼中的焦点之一，另一个焦点人物是林青霞，她们都是因为电影《滚滚红尘》被提名。

第二十七届金马奖最热门的电影就是提名十二项的《滚滚红尘》，评审团内部传出一种极不寻常的气氛，我的朋友导演柯一正在最后关头宣布退出评审团，他很神秘地打了一通电话给我说他要去看场电影避避风头，他说他要退出评审团。我的另一个朋友吴念真正好也入围了最佳原著剧本奖，所以他和三毛是处于竞争状态，但是事前他就说他要去香港写剧本，临走前还很潇洒地丢下一句话给我说："如果不幸是我得奖，你就代替我上去领奖。记得上台，要说好笑一点的笑话。"

对三毛而言，这是她创作生涯中第一次为电影写剧本，可是对吴念真和我而言，我们已经离开工作八九年的"中央电影公司"，我们各自都已经得过金马奖最佳编剧奖，在心情上是大大不同。我和三毛是第一次碰面，有点喜悦也有点尴尬，记得她说她非常喜欢我写的亲子散文，她还强调是"真的喜欢"，不是客套话。虽然三毛是我的前辈，但在这样的场合我可算是前辈老大哥了。于是鼓励、安慰她说："千万别在意得奖这件事。金马奖多少有点嘉年华会的目的，热闹一阵就没了。而且电影这个行业又比文学复杂多了，你写得好是一回事，要得奖是运气加上天气。欢迎你和我一样，从文学界踏到电影界，记得，千万别介意结果。反正来日方长，你这时候开始当编剧，真好。人生的历练比较多。"总之，我说了一大堆自以为是的话，也许三毛越听越紧张。

轮到颁发编剧奖时，台上先宣布了我的名字，我真是幸运儿，我冲上台领了我的"最佳改编剧本奖"。我胡乱地说了一些不怎么高明的笑话，还吵醒了坐在第一排正中央正在打瞌睡的行政院长。我前脚才刚跨到后台，又听到下一个原著剧本的得奖人是吴念真，于是我又转身回到台上替他领了奖，我说了一个吴念真前世今生的笑话，说他前世是夜间工作的酒家女，伺候的是酒客。今生的工作也是夜间工作，伺候的是导演和观众。台下爆出了狂笑声，我匆匆下了台。

就像过去许许多多的经验一样，我匆匆离开颁奖典礼会场，边走边扯下领带脱了西装，其实我一点也不喜欢这样虚荣华丽的场合。我不会想要去参加庆功宴或是其他相关的活动，我快步走在冬夜冷冷的广场，那一瞬间，我完全忘了三毛是落榜者，更没去想她会不会很伤心。我似乎只在意自己上台时说的话好不好笑。我习惯取悦群众，也习惯以自我为中心来面对世界。

二十天后，惊传三毛在荣民总医院的厕所内以丝袜自缢而亡。我当时看到新闻后呆愣许久。是和没有得奖有关系吗？我忽然想，也许我应该更体贴一些，在替吴念真领奖时开个玩笑说其实三毛写得比较好之类的，反正吴念真也习惯我的玩笑。总之，我竟然为自己的疏忽有点内疚和自责，直到几年后我遇到一个和三毛有点像的女孩。那个女孩捧了一束花送给我，说是要替三毛送给我的。那个女孩说她是三毛生前的挚友，三毛曾经告诉她那次金马奖颁奖典礼的过程，说我是如何如何温柔地安慰她，稳定她原本忐忑不安的心情。三毛要她记得替她送一束花给我表达感谢。

“这些花都是三毛生前最喜欢的。”那个女孩解释着。我不是一个浪漫的男人，有时还理性得近乎冷血，可是那一刻，我真的湿了眼眶。

投篮机的启示

我没玩过投篮机。应该说，我没玩过的东西实在太多了，连保龄球都是因为是去美国读书时校园里面有这样东西才会摸到。

投篮机也是因为去运动中心游泳时，看到几台投篮机放在那儿有点好奇想试一试。我对于任何没有生产效能的东西都不感兴趣，但是对于“分数”很敏感。投篮机有“分数”，更重要的是，我从来无法突破最基本的五十分，这对我而言简直是非常致命的打击。生产效率和分数排名是我被套在脑袋上的紧箍咒，我得想出个方法来。

我看到一个大约十岁戴着眼镜的小胖哥，在投篮机前面轻松地单手投篮，不要说五十分，他很快就过了五百分，脸不红气不喘的还怪自己投坏了。我实在觉得很惭愧，于是决定向他请教。小胖哥很有耐心地教我如何将左手的球放在右手，然后单手投球，他说：“这是基本动作。”我心里想，我当然知道这是基本动作，想当年我在大学时代的篮球赛时，只要有我上场，对方总会派两个人来盯我，因为只要过了半场我就会出手，通常都是三分空心球。说得夸张点，其实我就是“神射手”。可是“神射手”遇上近距离的投篮机一点用都没有，投空心球也是两分，更重要的是我还常常投不进。

我从小胖哥那里没有找到任何答案，于是转向一对老夫妻请教。这对老夫妻像是一对感情不错的退休族夫妻，他们相约来这里游泳和运动，老先生总是要在投篮机前玩一下，秀给老太太看看后才离开，他每次都可以轻松过六百分，我决定厚着脸皮向他请教。他看到我起初有点谦虚，后来就告诉我说，这没什么大道理，就是专心一直投，他终于说到一个重点："球没进不要慌，继续投。很多人只要有一球没进就开始乱了手脚。其实很简单，比你在电视台工作简单多了。你没在华视上班啦？现在有空啦？我们还常常看华视呢。""是。是。"我拿起袋子转身离开，觉得有点尴尬。

老先生的提醒让我可以轻松地突破一百五。我终于知道自己最大的弱点就是恐惧"失败"，对自己极度缺乏信心。于是我开始将"投篮"和"人生"结合在一起思考，明明是一件用身体和感觉的事情，我又习惯性地启动了脑袋，当然，这也是我的致命伤。我不断告诉自己说："投篮的时候不要紧盯着一分一秒减少的定时器，那就像是每个人必经的死亡过程，越看越慌，也会越紧张。记得要活在当下的每一瞬间，眼睛只要看着前方的球筐，专注着自己的身体和感觉，将球投出去。不要看显示器上剩下的时间，更不要看分数。那就是我最应该学习的生命态度。"果然，用大脑并没有帮助我再突破更高的分数，直到我遇到一个中年妇人。

我看着这个中年妇人用最不标准又很难看的倒马桶姿势将球往上丢，每一球都先打板才进，有些球只是撞到篮筐并没进去，却得了三分。我瞬间想通了，这只是靠感应得分的机器，不是篮球场上的篮球架。我懂了。从此我也用打板得分的方式，很轻松地可以投到五百五十分以上，当然我的姿势比那妇人好看些。

原来那只是一个游戏罢了，认真不得，这才是对我最大的启示。千万不要把原本可以很快乐的事情变成了压力和痛苦！当全身肌肉和心情放轻松后，我也很轻易在每一次都过了五百五十分。

辑七　如何获得幸福？

“其实，老李，你在初中得到许多老师满满的爱，你很幸福，我一直很羡慕你。”

是啊，虽然曾经有老师羞辱过我，但是疼爱我的老师更多，他们简直将我当“稀世珍宝”一般地疼爱，我怎么只记得那些不算什么的羞辱呢。

幸福的784/999

华江毓秀　气象万千

我的初中同学老李就坐我的旁边。冬日阳光暖暖地映在他抖擞的脸上，说要退休说了好多年，现在还是在那家也是我的初中同学老杜的高科技公司担任副总裁。

“没办法。老杜就是不肯放人。”老李说着，口气中有一种被信任的欣慰，我就顺口说：“现在能完全托付的人越来越少啦，老同学有默契。他不会让你退休的。”

我们在读万华初中时就是坐在前后，一起读书打篮球串门子的死党，毕业后却各自走了一条完全不同的人生道路，再相逢时，人生中所有重要的情节都快演完了，似乎就只差一个结局。我对老李说，来唱一段万华初中的校歌吧，记忆力惊人的老李毫无困难地就和我大声合唱了起来：“玉峰巍巍。绿竹猗猗。华江毓秀。气象万千。文风丕起学府……”华江只不过是一条日治时代挖的排水沟吧？沟水又臭又黑，我们就叫它“黑龙江”，怎么会毓秀？又如何气象万千呢？

“老李呀，你还记得当年我们考高中联考时的每一科分数吗？”

老李也叫我老李，他又提起了那次失败的高中联考；我摇摇头说，那种痛苦最好忘记吧，偏偏他却如数家珍地说出班上每科的平均分数和他自己的分数，还有我的分数，还很沉重地叹了一口气说："唉，老李啊，当年，我们两个人都太不争气啊。"这一声长长的叹息重现四十多年前的那一幕，爸爸跪下来对着我哭着说："儿子，一切都完蛋了啊！"我惊讶地望着眼前的老同学，难道当年他所受的屈辱比我还深？他曾经说他老爸从前是建中橄榄球队的，也是台大的校友，是个颇有成就的人。我淡淡地说："可是，你和我现在都很好，不是吗？"

老李说他曾经去算过命，算命先生将他的生辰八字用电脑排出来后，就问了他三个问题，其中一个就是问他考高中时失利对不对。后来算命的告诉他明年还会在事业上更上层楼。"结果第二年我就升到了副总裁。然后就这样，又过了二十年。"其实这个话题他说过不只一两次了，在他生命中曾经的"失败"和"成功"都已深深烙印在内心深处，构成他生命中最大的意义。"我们这个世代的男人都是工作狂。如果从生命中抽掉了工作，整个人就变空空的壳子了。对吗？"我做了结论，老李哈哈大笑，笑得咳起来，整个脸都红了。

我望着这个初中时代最要好的同学老李，想着那些当年穿着白色上衣、蓝色短裤，戴着船形帽的少年，就算是他们留了八字胡或白了少年头，我都会有一种错觉，他们都只是"化装"成事业有成的中年人而已，这只是一场"化装舞会"而已，他们也都是只有十四岁的少年。

从星巴克到厕所的路

中午时间我们四个人从民生东路和敦化北路口的一家牛排馆走了出来，留着漂亮八字胡的老杜和博仔各自上了有司机驾驶的轿车离开，留下了老李和我。

“难得有太阳，我想沿着敦化北路散散步。”我对老李说。他跟着我往前走：“那我就陪你走一段路，我也想晒晒太阳，整天坐在办公室挺累人的。”于是我们两个初中坐在前后的老同学，便在阳光下散步。老杜和博仔也是我们初中同班三年的同学，虽然相约说是要开会，其实更像是初中的小型同学会，谈的全是如何保健养生和运动。博仔说他常常骑越野单车，只要发现体重超过标准，立刻用禁食法来快速恢复标准体重，老杜相信生物学中的“用进废退”理论，除了定期做详细的健康检查外，非常有耐心地用意志力克服身体的病痛，就像他面对自己的大企业一样。老杜和博仔都是相当有纪律的人，从读书时都是这样。

“找间咖啡馆坐坐吧？难得我们可以这样聚聚。”老李问我意见。我指着前方的星巴克说：“好啊。”在狭窄的咖啡厅找到位子后，我想上个厕所，从星巴克的侧门出去后是一个非常明亮的世界，原来这是一家百货公司的角落，地板亮得将天花板的灯都映在上面，走过化妆品区后就全是女鞋区了。我小心翼翼地走着，怕滑倒也怕迷路。或许是这个初中同学们的会面让我脑子里跳出这样的句子：“人生短短的，就像从星巴克走到厕所的路一样，往往我们还没搞清楚身在何处，就走完了。”

“老李，你知道我们两人高中联考为什么考坏吗？”也叫老李的老同学又说起这个他最难忘的话题了，“因为啊，我们没有参加总复习加强班。我们两人相约去老松国小对面的晨曦图书馆靠自己读，我们年纪还小，不知道抓重点。那些平时成绩不如我们的去了总复习班后，都上了建中或附中。”

“我考坏是因为我没参加数学补习，被数学老师羞辱后，干脆常常请公假，拒绝上课。”我解释着。但老李还是坚持他的看法：“不对！最后一次模拟考你还上了建中，我也考得不错，还是因为我们没去参加总复习班！老杜常常对员工说，工作时的五个步骤：思考、系统、结构、整理、分析。这和考试前的读书是一样的道理。”

老李一阵沉思后，忽然说：“其实啊，我在初二时没和你同班。每班的22、34、46、58号都要调去十四班。我的信心就是去了那班才建立的，原来我们十一班人才济济，轮不到我。我去了十四班还当了副班长，也代表班上参加全校作文比赛。题目是‘我的父亲’，我只写了三张，结果你写了十三张。其实啊，老李，你在初中得到许多老师满满的爱，你很幸福，我一直很羡慕你。”

老李的话像当头棒喝打了下来。是啊，虽然曾经有老师羞辱过我，但是疼爱我的老师更多啊，他们简直将我当“稀世珍宝”一般地疼爱，我怎么只记得那些不算什么的羞辱呢。

痛苦之后的伟大作品

我收到一封来自美国的电子邮件，发信的人是个女作家。她这封信是发给她读光仁中学时代的同班同学，顺便也寄一份给我，让我分享她和朱永成老师师生四天三夜一生难求的相聚时光。她说老师的书架上还放着我的第一本书《蛹之生》和她的第一本书《爱别离》。

她在信中描述朱老师和师丈亲自去洛杉矶机场接她，朱老师比从前还要瘦，声音也很微弱，连走路都有点吃力。朱老师的作息变得缓慢，饭食也很清淡，她们师生俩想把人生所经历的故事都讲一遍，她们谈起每位同学的美好和命运的奇妙。离开朱老师家时，她还向师丈讨了两颗花园中的橘子回去作纪念。当时老师还在睡觉，她在黑暗中离开时觉得这样很好，因为“告别最伤人”。

朱老师从师大国文系第一名毕业后被分发到万华初中。她第一次走进我们教室时很紧张，声音还颤抖着，她对我说：“班长，点名簿呢？”台下的小男生们都偷偷地笑起来，一个刚毕业的年轻女老师很好欺负的。我得了全校作文比赛第一名后，朱老师买了几本课外书送我当奖品。她在罗曼·罗兰写的《贝多芬传》上写了一段话，大意是说，我是个幸福的孩子，没有经历过痛苦是写不出伟大的作品，她要我读读贝多芬的痛苦人生。她也引导我看李敖写的《传统下的独白》，要我学习“独力思考”和“批判力”，爸爸为此事非常生气，说老师竟然灌输有毒的思想给学生。有一天，朱老师笑着对我说：“你笑起来有两个酒窝，真可爱。”她是世界上第一个发现我有酒窝，并且说我“很可爱”的人。

我高中联考失败，考上成功高中夜间部后，只有朱老师写信来鼓励我。我永远记得信封上的地址是“台北县板桥镇埔墘里光仁中学”，那时候她已经被挖角去了光仁中学。朱老师的信都写得很厚，字也非常豪迈有力，她说，在光仁教了那么多才华洋溢的学生，有的作文能力也非常好的，但我还是她心目中“最好的”。当时完全对自己失去信心，变得非常自卑的我，捧着信号啕大哭，泪水浸透了老师厚厚的信纸。

每到了农历大年初二，朱老师就会邀请我们班的几个男生和光仁中学的几个女生去她家吃中餐，然后到西门町排长龙买票看〇〇七的贺岁片。我的同班同学全都是建中的，我是唯一的例外，光仁中学的女生们个个时髦清秀漂亮，发出这封信的女作家便是其中一位。我考上了师大生物系后，第一通电话就打给朱老师，她说读生物很好啊，能继续写作更好。读到大二的时候，我开始用“小野”的笔名在副刊发表文章，已经去美国留学的朱老师还打电话到报社，询问文章作者的本名，她从文章中判断可能是我。

我决定放弃在纽约读博士的奖学金回台湾前，特别转去洛杉矶见了朱老师一面，她找了一个会开车的朋友一起来接我。她说她在美国还是用过去的方式生活，也没学会开车，为了找工作方便，她已经改行从事电脑工作了。我告诉朱老师说我决定回台湾重新开始各种创作，虽然前途未卜，但是踏上归乡之路不会再回头。朱老师笑着说：“那就加油啊，我会为你祈祷。这本来就是你该走的路啊！”许多年之后，我们又联络上了，她在信上告诉我说，她托朋友在台湾买了一本我的《蛹之生》三十周年精装限量典藏纪念版，她还强调她的那本编号是 784 / 999。她说，所以她算是这世界上 999 个想保留我的限量精装版的人之一。

不管走到天涯海角，不管经过多少岁月，她还是像当年那个才刚刚走出师范大学校园的年轻老师，紧张地盯着十四岁的我说："班长，点名簿呢？"而我的人生，当然也经历了少年时期尚未体验过的痛苦，写了不少书和剧本，只是伟大的作品呢，或许还是要再等一等吧。

这样大家都方便

有一天，二姐告诉我说："妈妈愿意成为基督徒了，受洗那天你愿意来参加吗？"

我先是愣了一下，然后追问说："妈妈是在什么情况下提出来的？"

二姐说："牧师来探访她时她就说，我们一家都是基督徒，这样比较方便。"

"方便？她指的是，有一天大家可以在天国相聚吗？那我们的老爸呢？她不想跟老爸一起吗？还有妹妹呢？妹妹是佛教徒啊。"没有任何宗教信仰的我，半信半疑地问着。在我的认知中，妈妈是很虔诚的佛教徒，在她的房间供奉着几尊木雕佛像和观音像，在她还能靠自己行动时，都会随时在佛像前更换鲜花水果，初一、十五还会吃素，睡觉前也都借着听佛教诵经的音乐才能安心入睡。

大姐解释说："同一个屋檐下有三种不同的宗教信仰，有点麻烦吧？"她指的是每天照顾妈妈的印佣阿缇信奉的是伊斯兰教，严守着伊斯兰教戒律。所以妈妈决定改信基督教，因为，她愿意给大家方便。

牧师带领着许多教会的朋友来到二姐家，牧师的两个孩子一个拉小提琴，一个弹吉他，很隆重地为妈妈正式受洗，让妈妈成为基督徒。大姐趴在妈妈的耳畔说:“把你的一切交给主耶稣,祂会给你的,永远比你向祂索求的还多。”大姐笑嘻嘻地告诉我说:“我就是这样在她耳畔说,说久了她就愿意接受了。妈,你说对不对呀?”妈妈终于很幸福地笑起来说:“两个女儿天天都趴在我的床边祷告,要上帝保守我,给我一颗喜乐的心。我这段日子都仰赖两个女儿照顾,她们很希望我能得救,所以,我就决定也当基督徒好了,这样,大家都方便。”

我陪伴妈妈时,常常听到妈妈在昏沉中喃喃地念着:“阿弥陀佛。阿弥陀佛。”她醒来时,我问她说:“你已经是基督徒了,为什么当心里不安时,还是会念阿弥陀佛呢?”她笑眯眯地说:“都喊了一辈子了,太习惯了。其实信仰都是一样的。大家方便就好。”妈妈就要二姐将神坛上的佛像全都收藏起来,她想全心全意地成为和两个女儿一样的基督徒。她愿意成为基督徒,是真心感受到两个姐姐对她的照顾和爱,而她在最后关头,愿意放弃自己一辈子的信仰,改信两个女儿的信仰,也是出于对女儿的爱。

妈妈的爱很特别,她对孩子们完全信任,从不怀疑也不啰唆,默默地替孩子们做牛做马从无怨言,到了晚年更是一个最好的倾听者。童年的记忆中,家里常常有单身的朋友和同乡来家吃晚饭,妈妈就会先透支买菜的钱,去店里切鸡肉、牛肉和一些卤菜回家当配酒的菜,妈妈是个慷慨又大方的女主人,她非常爱朋友。妈妈躺在床上时最常对我说的话是:“我是一个很平庸的人,我从来不觉得自己比别人更聪明,所以我从来不会去批评别人,或是去勉强别人和自己一样,更不会去为难别人。每个人都有一套本领和方法存活在这个世界上，我们怎么知道自己的比别人的好呢？我从来不会怨天尤人，因为我觉得自己是世界上最幸福的人。"

《圣经》上有一段话最适合拿来形容妈妈，那就是："似乎忧愁，却是常常快乐的；似乎贫穷，却是叫许多人富足的；似乎一无所有，却是样样都有的。"

妈妈的脚底按摩

原本每天早上都会去爬福州山的妈妈，衰老的过程是渐进的。从不能再爬山到连走路都走不动、靠坐轮椅来行动，然后大部分的时间都要躺着，最后，连说话都很吃力了。为了要让躺在床上的妈妈能多说一些话，我每次替她做脚底按摩时都故意问她一些问题。

“你的五个孩子中谁最高？”我问她。她轻轻地说：“阿肥。”

“那你最爱谁？”

“都爱。”

“那谁最乖？”

“都乖。”

“那谁最疼爱你？”

妈妈忽然笑起来说：“你以为我是痴呆呀？我只是很累不想说话。别再问了。”

静默了一阵子，我继续替妈妈做脚底按摩，然后慢慢按到小腿，妈妈痛得吱吱叫。妈妈的这双腿啊，从小时候逃离家乡开始，然后跑遍福建沿海去工作，又跑来台湾这个海岛，又马不停蹄地趴趴走，终于，跑不动了。妈妈不相信她从此就跑不动了，所以想尽办法接受各种治疗，包括按摩。或许是按摩奏效了，她忽然话多了起来。

“你们都说我最爱小儿子阿肥，爸爸最爱小女儿三宝，其实不是这样的。”她睁大了眼睛认真地说，“都是自己的孩子嘛，我都爱，只是每个孩子都不一样，有强有弱，父母总是想多照顾弱的，也会希望强的可以帮忙照顾弱的，毕竟孩子太多啦。”

“是啊，我知道，你连每天要分给五个孩子的番茄大小和数量都会想很久，怕孩子怪你不公平。”我嘴里这样说，心里却想着：“其实爱哪个孩子比较多已经不那么重要了，每个人长大后都要为自己的未来负责。问这些，只是想向妈妈撒撒娇罢了。”

我曾经对儿子说抱歉，觉得自己当初不够爱他。他却很释怀地拍着我肩膀说：“别内疚了，你给我的够多了，我不能再要了。未来是自己要负责的。”

“我们的爸妈对待男孩和女孩很不一样，简直就像是重女轻男。爸爸对三个女儿都很温柔，可是对待儿子，尤其是大儿子觉得要磨炼，所以特别地冷漠而严苛，他觉得这样才会像个男子汉大丈夫。”大姐聊到她记忆中父母的教养时，自认为她自己可是三千宠爱在一身，反而为我这个“大儿子”感到不平，“其实啊，我觉得这是很不对的观念，小孩子一定要感受到父母的爱，没有感受到，就是不对。不管是男生或女生都一样。”

我想起自己在大专生成功岭受训时，别人的父母都急着上山来探望儿子，我的父母却说：“男孩子就是要磨炼，没什么好看的。希望你要坚强。”于是我就在那次成功岭的恳亲大会上当招待，我似乎也没有任何不满和失落。我想父母亲没来，我也乐得轻松。但是过了一个星期后，爸爸和妈妈忽然带着牛肉干上山来看我，他们

说怕我很寂寞。当时我有感受到他们内心的矛盾。那天夜里，我就找了几个同班同学躲在树林里偷吃着牛肉干，那时候的牛肉干很贵，对我们穷孩子而言，好像是稀世珍品。我嚼着嚼着忽然泪流满面，我对同学说："牛肉干实在太辣了。"

我努力地替妈妈做脚底按摩。其实我们这一代的人比上一代的人幸福多了，我们实在没有什么理由要不断对他们索讨更多的爱。好好爱他们吧，他们才是没有真正享受过童年甚至青少年幸福的一代。

我们得好好地疼爱他们。

两个姐姐在树上

谷雨，天气晴朗。天堂角落那条步道沿途的鸢尾花还没开，萤火虫也还没来。我起晚了，准时到山脚下练拉筋功和毛巾功的两组人马已经解散，我顺着步道拾级而上，或许会遇到两个姐姐。

最近常常有人在夜晚来到这里打听萤火虫的消息，荒野协会也在路边放置了会发出微弱红光的贴纸，希望夜晚来到这里的民众不要用强光打扰了萤火虫。如果夜里刚好经过这儿，我也会像梦游的人一般独自走进只有声音没有光的黑暗森林中，看看萤火虫来了没有。偶尔有光，有时很亮，是月光。这儿有蛇出没，我却没有一点恐惧。

公园路灯管理处沿着步道旁立了几个简单的牌子，大意是说步道有些地方损毁了，已经编列修护预算，在尚未修护前请民众要小心。不久之后就有民众在牌子上写:“谢谢。但请不要用水泥和铁条。”我望着这句话微笑，这样的观念快成为大多数人的价值观了。黄武雄老师在发起“千里步道运动”时,就指出“台湾乡野三害”是“水银灯、新泽西护栏、除草剂”，其他会破坏自然生态的就是水泥和钢铁之类的设计材料。最近“千里步道”的志工们在金山的两湖荒地就地取材,完全用人工的方式开辟“手作步道”。从这观点看“天堂角落”的步道并没有“损毁”的问题，那些如阶梯般的树根和原来的木质阶梯被人不断地踩踏后，维持了原始样貌，形成自然步道。

我很快就走到了山顶，木质凉亭内没有人，月桃花和流苏花依旧盛开。两天前我发现饱雨水的月桃花的花瓣尖端的水滴很美，于是用随身带的智能型手机拍下月桃花瓣的水滴，这是我第一次拍摄这样微观的东西。我继续往福州山的方向走去，远远的两个女人躺在树丛里的树干上聊天，没错，是她们，我的两个已经退休很久的姐姐，只有她们会干这样有点滑稽的事情。我赶忙掏出手机悄悄地从背后接近她们，然后连续拍照。我偷听到在树上的两个姐姐谈的话题，她们很忧心当她们老了以后，没力气去万里的山上给祖母、爸爸、妈妈和妹妹扫墓。“等我们老得走不动再说吧。”大姐幽幽地说，然后就发现了我，两个姐姐都笑了起来，好像看到一个八岁的弟弟顽皮地躲在她们后面玩躲猫猫。

八岁那年，我闯了一个祸后，还在大杂院广场和邻居小孩打弹珠，忽然看到两个姐姐旋风似的冲向我，要我快逃：“妈妈拿着棍子说要打死你。”我本能地收了弹珠，飞快地逃走，穿过铁道躲进了植物园。妈妈很少打骂孩子，所以她想打我还打不到。从小两个姐姐很会管我，但也会保护我。小学时代二姐曾经为了教训一个欺负我的高年级男生，带人勇闯男生班，直接给了那个男生两记耳光，吓得所有男生都不敢出面解危。二姐还指着那个男生说：“你敢再欺负我弟弟，试试看。”在后来一路成长的过程中，两个姐姐一直很疼爱我。在我刚刚开始投稿发表文章时，二姐还会假装读者写信去报社表示我的文章受到欢迎，我的作品出版了，两个姐姐就分头

去书店“抢购”，这些事情都是很久很久后，她们不经意说出来的。

整座山头很静很静，大冠鹫的叫声从山谷间传来，大琉璃纹凤蝶正轻轻踩在杜鹃花丛间，相思树和水同木交缠在一起，却各自开出一片茂密的树荫，像是同一棵树，这样的感觉，好像是我们兄弟姐妹们从小一起成长的关系。我坐在相思树和水同木的树荫底下仰望天空，大冠鹫优雅地顺着山谷间的气流滑翔着，那姿势就好像我们姐弟此时此刻的人生阶段。

你到底在哪里?

两个姐姐和妈妈都住在山脚下，她们常常召唤我去爬她们家旁边的那座山，因为各种忙碌或偷懒的借口，让我已经和山无缘很久了。最近因为想多陪陪妈妈的缘故，终于可以和姐姐们一起爬山了。

那天清晨，我们约好三个人一起去爬山，我出门时二姐还在睡觉，我一个人先去山脚下和大姐会合。大姐性子很急，没有耐心等别人，她下达指令说:“我们先往上爬，反正只有这条路……小彬动作很慢，我们不要等她了，反正她自己会跟上来。”金色的阳光透过叶子晒在山路上，大姐撑起了伞，我立刻接过了伞想替她服务(有事弟弟服其劳)，没想到她快步走在我前面，根本忘了我手中还有她的伞。大姐是个急惊风，凡事一马当先，她老是说二姐是慢郎中，让她等得不耐烦:“所以啊，我们姐妹不能一起爬山。约来约去的，烦!”我的手机响了，是二姐，口气果然不好:“为什么不等我?”

“想让你多睡一下嘛。大姐说你自己会跟上来。”我有些心虚地回答，两个人都是姐姐，我在夹缝中很难讨好。

“你告诉她说，我们在两座山交界处的凉亭等她。”大姐说完继续前进。我就照着大姐的指令回答二姐。

我们来到两座山顶的交界处，这里有三座木制凉亭，我正要上去凉亭等二姐时，大姐继续往另一座山头继续走："她真的很慢，来来来，姐姐带你去看樱花树。走吧。等我们绕一圈再回头等她，都还来得及。我不骗你。"我还来不及说"不"，大姐就拉着我往前走，伞还是在我手上，她走在前面继续晒着太阳，浑然没有察觉。

"冬天哪来的樱花？"我看着那些黑色的枯枝问。

"当然没有。我是说，带你来看樱花树。又没有说看樱花。"她边说边擤着鼻子，过敏的体质让她容易烦躁。

我的手机又响了，还是二姐，有点生气了："我到凉亭很久了，你们到底在哪里？"

我吞吞吐吐地回答说："大姐说，你很慢，所以，我们就继续往下走。那我们现在就回头去凉亭找你。"

"我很慢？好，我很慢！"二姐生气地挂了电话。当我和大姐又回到山顶的凉亭时，二姐不见了，这回轮到我打手机给她："我们已经又回到凉亭了，怎么没看到你？"

"你们不是说要往下走回头来找我？所以我又回头下山去了。山脚下也有个凉亭。"二姐气急败坏地说。

一个美好的清晨，我就夹在两个姐姐之间在山上打着转。大姐常常说起她和二姐同时在中山女高就读的日子："我每次下课后去找她一起回家，她都慢吞吞的，都说她还没读完那些书，要我再等她五分钟。我说那我先走了，她就生我的气。我就只好等。等了起码半小时，还不肯走。我一气就不理她了！"

二姐的记忆却不是这样的："大姐永远慌慌张张的，每次都要别人快一点，她自己都慢慢的。难得早到一次，就一直催一直催，像催魂一样！走路也一样，一个人走在前面，不知道在急什么。”原来她们俩从少女时代就是这样的姐妹关系了。

我们就在这样的情况下爬完了山。我们在山里面的对话就是：“你到底在哪里？”在茫茫人海中，寻找着自己的手足，那真是一种幸福。

画美丽的脸给有缘人看

我出生在一个女人都不化妆的公务员家庭。更夸张地说，我爸和我妈两人结婚时都留着西装头，穿着深色的中山装，如果不是因为个子高矮勉强可分辨出来新郎新娘的话，看照片还会误以为是最前卫的同性婚礼呢。

从不化妆打扮的妈妈当然会影响她的三个女儿，所以我从小就是在这样一个非常朴素的素颜之家长大的。我并不太喜欢浓妆艳抹的女人，甚至还会心存畏惧，会觉得太重视外表的人一定缺乏内涵。这样的偏见就是从小养成的。所以当我要面对一个以替新娘化彩妆为职业的新娘秘书贝儿时，我的内心非常忐忑不安，不知道要从何问起谈起。后来我告诉自己说，就很诚实地让对方知道自己真实的感觉吧，或许就是因为这样的大反差，反而会让彼此的对话产生很有趣的内容。

于是一开始我向贝儿坦承，我无法想象女人是如何戴假睫毛的，如果不小心掉在身上落在手上，那不是很像一只毛毛虫或是黑色蜈蚣吗？我也向贝儿坦承，我无法理解女人为什么要在自己小小的手指甲和脚趾甲上彩绘。我曾经试着用女生的指甲上有没有彩绘，来判断她认不认识我。因为那代表距离很遥远的不同世代。贝儿没有被我这些带有点挑衅的话激怒，反而让我们的对话越来越深入到人的信心和价值的问题，也深入到许多人对展现自我的压抑和自卑。这些话题我比较拿手了，因为我学过心理学，也对这方面的议题深感兴趣。贝儿说起她在从前的工作场合，也是从来不化妆的，她是电脑信息管理的工程师。不过她当时对自己的一切，包括长相，都缺乏信心。

我和贝儿面对面谈话时，有足够时间和理由欣赏着她的脸蛋。我仔细地端详着她是如何为自己化妆的。一个天天都在替新娘化彩妆的人，是如何看待自己的？我想起穷毕生之力，想画一张最美的仕女的脸的爸爸。自从爸爸娶了个性像男人的妈妈后，就不断在画纸画着一个个温柔、婉约、优雅、娇媚的古代仕女。他收集了许多古今画仕女的名家作品来研究，他研究最多的是季康。季康的仕女画得大气流畅，眉宇和衣着总有一种行云流水般开放自由的风韵；爸爸的仕女永远画得拘谨而保守，是爸爸的画笔捆绑了笔下的每一个仕女吗？还是爸爸只想画一张最美的仕女的脸就好？

贝儿谈了很多台湾女人为什么对婚礼中自己的模样那么看中的原因，是因为在平常不能那么尽兴地将自己变美丽。她也谈了很多她如何从自己的改变，到很想帮助其他的女人改变，然后，她就流下了眼泪。我想起后来爸爸改画观音，观音的脸可以很慈祥平静，爸爸越画越好。到了晚年，他终于画出一张他自认为是世界上最美丽的女人脸的观音像，我替他印了三千张；每次我们在台北近郊爬山时遇到大小寺庙，就将观音像放几张送给有缘人，让喜欢的爬山客带回家。

“最美丽的脸，就是要给这个世界上和自己有缘分的人欣赏的，对不对？”当时我对爸爸这样说的，爸爸似乎对我这句话感到满意。我一直在想：贝儿为什么在谈到这些事情时会哭？会不会当她在替新娘化彩妆时，总是在别人的脸上看到了自己？那个原本非常没有自信的自己？

当一个女人在镜中看到一个美丽的自己时，是不是一种幸福呢？

如夏之春

台湾的春天越来越模糊了。春天正好过了一半，天气忽然从原本的寒冷直接跳到如夏天般的炎热，冬天里的这把火点燃了萤火虫的光，“萤火虫守护天使”通知大家说：“萤火虫终于出现了。”

我决定找出夏天才会穿的白色短袖衬衫，配一条深蓝色牛仔裤，然后套一件很薄的麻、棉各半的休闲西服。我取出那件有点皱的休闲西服慢慢地烫着，电熨斗的蒸气熏得我满头大汗。我决定用手提着这套我花了不少时间烫平的休闲西服，搭着捷运去颁奖会场，我把挂西服的架子套在捷运的拉环上，这个画面有点幽默，我打算今天就这样从头搞笑到底。到了捷运忠孝复兴站，我戴着口罩提着西服，搭着三层楼高的电扶梯，缓缓往下走。左手边平行的电扶梯也载着乘客缓缓往上爬。就在那种人和人交会的瞬间，有个穿着轻松T恤烫着卷发的帅哥忽然眼睛一亮，对着我大喊一声：“总经理！”他的声音很大，立刻引起四周乘客的侧目，他是我在华视任职时亲自面试录取的业务部员工。我带着一种欢愉的心情，让电扶梯继续带着我往下走，一如我有过许多惊喜的人生，此刻也正缓缓向下沉潜着。

到了颁奖会场，我很快地和工作人员排练了一遍，我拿着麦克风说了些在正式颁奖时不会说的笑话。我穿上那件花了很多时间才烫得很平整，一路辛苦提着搭捷运来到现场的休闲西服，愉快地晃到了会场入口。负责替贵宾戴花的接待小姐看到我，笑眯眯地说："等一下，等你换上了'正式'礼服后，我也会替你戴上一朵漂亮的花。"于是我穿着"不能被戴上花"的休闲西服站在入口迎宾，我的手上已经有一份得奖名单，眼看着一个个走进会场的入围者，心里难免会替对方高兴，或是替对方感到惋惜。

这像是一出已经写好剧本的舞台剧，等着有人上台笑或是哭，还有那些没有被叫到名字的人难掩失望的眼神，那会让我想到周杰伦的一首新歌《超人不会飞》的歌词："结果最后是别人在得奖，你也要给予充分的掌声与微笑。"一场短短的颁奖典礼，就像是漫长人生的小缩影，人生剧本往往不在我们手上。第一个乐团的表演开始了，歌名是《我想你会变成这样都是我害的》，我思考着要如何运用这首歌的歌名来说点笑话。但是我却有点迷惘了。为什么我总是急着要炒热整个场子，不管这个场子是大或是小？从小到大我不是被选为班长，就是当上文艺委员，当全班搭乘游览车出游时，我总是那个拿着麦克风讲笑话逗乐大家的人。

一直到现在大学同学会，当全场气氛有点冷时，就会有女生起哄，要我上台说笑话。高中时我带着全班同学去旅行，我邀请相当自卑的班导师坐在游览车小姐后面，游览车小姐难免会开老师的玩笑，要他唱歌什么的，胖老师的脸从头到尾都涨得像猪肝一样暗红，我只顾自己一路说着笑话唱着歌。几天后，老师借故当众痛殴我一顿，并且扬言要开除我这个整他的坏学生。

“幽默是一种很难能可贵的气质，你要好好善用这个特质。但是记得也要留给自己一些喘息的空间，不必急着去讨好或取悦身边的每一个人，因为不是每个人都能和你一样幸运，能和你同样感受到这个世界的幸福和美好。”这是一个出版界老前辈给我的忠告。我常常用这番话提醒自己，幽默是天生的，不要为了取悦别人反而造成自己太大的压力，往往会弄巧成拙。

流浪者阿默

我匆匆穿了衣服套上鞋子，快步走去附近一家小小的麦当劳，赶赴一场对我而言有点“特别”的约会。

我要去见的是一个和我通信时才十七岁的少年，此时此刻他已经是一个流浪到远方的三十五岁男人了。“是该碰个面了。”我们不约而同地在信上这样写，趁着他从澳洲回来时决定了我们第一次的见面。过去曾经做过的许多事情早已走进历史，我已经习惯那些曾经写过的书或参与过的风潮都要用“三十周年纪念”或是“回顾展”这样的字眼。我被“时间”这头怪兽催逼着，过去的记忆越来越长，未来的时间却越来越短，那种“长日将尽”的感觉忽然强烈地扑向了我，那些对自己生命有意义的事情，该要有个“句点”或是“回头一瞥”了。

少年阿默接触到我写的书是上个世纪九十年代初，那是亲子散文系列的第一本书《给要流浪的孩子》，他说刚开始只是被那本书的封面吸引，那是尚未成名的几米所画的封面。阿默是个喜欢美术和摄影的少年，他对我写过的书或是拍过的电影并不熟悉，那本书只是他意外的邂逅。他写了一封很长的信给我，用很大张的纸写信，于是我也回了他一封信，从此他似乎被我们这样书信往返的方式深深吸引着。一个住在被石化工业污染的穷乡僻壤，资源匮乏的少年，对外面世界充满了好奇和向往，我收到他寄来的绘画和摄影作品，也收到一颗薄薄扁扁的种子。我把种子埋在花盆里，很快就长成了一棵大树，原来是一棵印度紫檀。从少年的来信中可以感觉到，他有一种想远离故乡到远方追寻独立自我的梦，他的梦想就像那颗薄薄扁扁的种子那样轻盈，最后终究长成了一棵大树。

他很年轻时就流浪到了纽约，因为看不懂英文在机场困了四小时，身上只带着工作三个月赚到的薪水奇迹式地生存了下来，后来又辗转去了澳洲，用打工的方式生活，最后找到了一份稳定的工作。他反而成为《给要流浪的孩子》那本书中的主角，成为一个真实的流浪者。我看到麦当劳旁边那三只我认识的流浪猫，我也看到了那个我从未谋面过的流浪者阿默。他背着一个装着巨幅海报设计的大袋子对我挥手，潇洒地露齿而笑。我见过这样的流浪者，他们第一次见到我时眼睛都只看着墙壁。阿默还好，他看起来像个刚从南部北上要入学的大学新鲜人。我们交换了见面礼，他将自己画的海报设计送给我，我将自己最新的小说集送给他。

阿默的作品叫作“再见”，一系列三张。第一张是一个坐在火车里面将脸贴在火车车窗上的小孩，他有着一双充满顺服和期盼的眼睛，可是眼神中却带着恐惧和不安，因为他被自己的母亲抛弃在车上，开始了一趟他无法选择的旅程。第二张是一个坐在月台上背对着一列火车的短发老人，他垂头丧气的模样，连脸上和脖子上的皱纹都像是在哭泣，他静静地坐在角落的模样就像当年那个被妈妈遗弃的顺从的小孩。此刻他想起了若干年后最后一次和妈妈的吻别。

第三张是一个戴着帽子的老人，他依旧坐在月台上没有靠背的凳子上，就像当年那个顺服的少年。他望着紧闭的车门，只能透过门上的窗子看进去。瞬间他想起当年他那糊满脸上也粘在车窗上的两行热泪。三张图都是鹅黄、橘黄和暗绿色调，背景全是邮戳和用英文草写的信函，这是流浪者阿默一直以来的风格。

流浪者在勇往直前追求完全独立自主的生命背后，或许曾经有过被故乡遗弃的悲伤绝望。而时间，就像那一去不复返的火车，只要搭上了车，就只能感觉到飞速向前奔驰的时间。人只有在渐渐老去时，才能让自己坐在月台，看着飞逝的时间，仿佛自己已经在时间之外了。

难道这就是流浪者阿默要告诉我的，关于时间和他追寻幸福的秘密？

图书在版编目（CIP）数据

有些事，这些年我才懂 / 小野著．—南京：
译林出版社，2015.7
ISBN 978-7-5447-5458-3

Ⅰ.①有… Ⅱ.①小… Ⅲ.①散文集－中国－当代
Ⅳ.①I267

中国版本图书馆CIP数据核字（2015）第090255号

书　　名 有些事，这些年我才懂
作　　者 小　野
责任编辑 陆元昶
特约编辑 刘文硕
出版发行 凤凰出版传媒股份有限公司
　　　　　译林出版社
出版社地址 南京市湖南路1号A楼，邮编：210009
电子信箱 yilin@yilin.com
出版社网址 http://www.yilin.com
印　　刷 三河市延风印装有限公司
开　　本 960×640毫米　1/16
印　　张 14.75
字　　数 155千字
版　　次 2015年7月第1版　2017年2月第2次印刷
书　　号 ISBN 978-7-5447-5458-3
定　　价 40.00元
译林版图书若有印装错误可向承印厂调换